2 - LUNE NUOVE

FIABE BOSNIACHE

a cura di Daniele Giancane

Illustrazioni di Stefano Fabbri

BESA

Redazione Piero Castoro

Traduzione dall'originale Carmela Scarano

Impaginazione Rosanna Rizzo

Progetto grafico Nino Perrone

viale De Pietro 23, Lecce
tel./fax +39 (0832) 243937

INDICE

Le favole della Bosnia: un patrimonio dell'umanità

1. *Le fiabe bosniache che presento in questo lavoro rispecchiano l'anima di un popolo, i suoi sogni e le sue aspirazioni, i suoi desideri inconfessati e le sue ataviche paure, in sostanza la sua identità, la sua modalità d'essere perché, se è vero che il fenomeno umano è uguale ad ogni latitudine, come ci ha insegnato l'antropologia culturale da Malinowski a Tylor, è altrettanto vero che ogni popolo ha la sua specificità, la sua unicità nella maniera di rapportarsi al mondo, alla vita, agli altri.*

Del resto, proprio nella fiaba popolare europea[1] *si assiste a questa "ambivalenza" del materiale fantastico: da una parte non si può affermare con certezza quale sia il luogo d'origine della fiaba, visto che rintracciamo lo stesso racconto fantastico in più territori a volte assai lontani l'uno dall'altro – come vedremo anche a proposito di fiabe famose come* Cenerentola *– ma dall'altra parte ogni rielaborazione territoriale dà alla fiaba qualcosa di suo, di inimitabile. Sarà a volte il tono, il clima narrativo, altre volte la caratterizzazione dei personaggi o le soluzioni delle vicende, certo è che la specificità fa da contrappeso alla "universalità", secondo una dialettica costante.*

Ora, diverse nazioni, sull'onda del patriottismo romantico (vedi la Germania e i fratelli Grimm), o del recupero delle radici culturali (è l'operazione di Calvino per la fiaba italiana), hanno messo a punto la trascrizione sistematica della fiaba popolare, naturalmente orale, ed anzi adesso anche molte regioni o aree territoriali hanno il loro materiale fantastico[2]*, sino a comprendere iniziative editoriali locali e paesane, spesso senza alcun criterio e metodo scientifico.*

2. *Ho raccolto queste venti fiabe bosniache durante le mie frequentazioni con la Iugoslavia, grazie all'impegno di amici e studiosi dell'altra sponda dell'Adriatico e all'appassionata opera dell'italo-croata Carmela Scarano: durante un lungo lasso di tempo, ci siamo accorti delle affinità con le fiabe italiane – l'ambientazione contadina, la rapida essenziale caratterizzazione dei personaggi, la similarità degli oggetti magici*[3] *–, ma anche la profonda diversità poiché le fiabe bosniache si collegano, come in pochissimi altri luoghi d'Europa (potremmo citare la Turchia e in parte l'Albania), alla grande cultura islamica e soprattutto – naturalmente – alle* Mille e una notte, *a cui s'apparentano per la vena inesauribile della fantasia, per il gusto verso la complicazione della trama e per l'ossessione d'amore, ovvero per il porre il sentimento d'amore al centro dell'universo: per inseguire l'amore ci si può perdere e ritrovare, si può (anzi si deve) mettere in gioco la propria vita.*

Il problema che si è posto immediatamente è lo stesso che arrovellò Calvino e in genere i raccoglitori di fiabe popolari – dal Comparetti al Nerucci: come riuscire ad essere fedeli al materiale originale e nello stesso tempo dare a questo materiale, spesso confuso e ripetitivo, una struttura narrativa sensata? Insomma, come rendere fruibile la fiaba orale ad ascoltatori d'oggi, senza tradire l'humus iniziale?

È naturalmente vero che le fiabe sono per antonomasia "polisemiche", aperte a più interpretazioni e ad infiniti modi di raccontarle, e non vengono turbate minimamente dalle "varianti" del parlante, purché non si muti il nucleo fondamentale del racconto, ma occorreva fornire un codice linguistico unitario, «tenendo tutto sul piano d'un italiano mai troppo personale e mai troppo sbiadito».[4]

È chiaro che il problema – rispetto al gigantesco lavoro di Italo Calvino – era anche diverso, poiché il grande scrittore dové tradurre dal dialetto in italiano, mentre qui v'è stata una doppia traduzione: dal serbocroato in un piatto italiano letterale (e per di più ad opera di diversi traduttori non specialisti della materia trattata), ad una lingua il più possibile unitaria e più fresca, rapida, semplice, senza troppe esitazioni e lungaggini, sfoltendo anche da individuazioni geografiche troppo particolari.[5]

3. *È piuttosto difficile – d'altra parte – individuare fino a che punto le fiabe bosniache in questione, oltre che all'epopea islamica, siano apparentate anche alle altre etnie che nel corso dei secoli hanno abitato la Bosnia, Sarajevo in particolare, che fu crocevia di popoli, religioni e culture in uno straordinario esperimento di convivenza pacifica, il cui romanzo – simbolo fu certamente* Il ponte sulla Drina *di Ivo Andric. Quel ponte che era attraversato da musulmani e ortodossi, serbi e croati, non esiste più ma le fiabe popolari della Bosnia risentono certamente degli influssi culturali di altre etnie, serba e croata in particolare, di cui s'avvertono gli echi in alcuni elementi come il lirismo naturale e la mitologia slava, (sono gli stessi elementi che si trovano nella fiaba popolare russa di Afanasjev e nella raccolta fiabesca della scrittrice e studiosa Ivana Brlic-Mazuranic).*

Occorre anche rendersi conto che non tutte le fiabe presentate in questo lavoro sono da catalogare precisamente nel materiale fantastico proprio di tale genere narrativo, anzi – soprattutto nella seconda parte del volume – ci troviamo di fronte a storie quotidiane, al motto di spirito, all'arguzia contadina o all'apologo esopico: Il saggio e il bue *e* Una famiglia di zingari *sono narrazioni comiche, legate alla trovata finale;* Il vedovo arguto *è una vicenda a dimensione educativa, poiché un padre vedovo vuol dimostrare ai figli – riuscendoci – che è necessario ch'egli riprenda moglie, mentre* I desideri di due oriundi del Banato *riporta alla vita semplice ed ai desideri "umili" dei contadini, incapaci di vedersi davvero nei panni dell'imperatore.*

Ma ci è parso utile – in ogni caso – pubblicare anche queste storie, perché danno un'immagine a tutto tondo della cultura bosniaca, dell'identità fantastica di un popolo, insomma.

4. *Certo, vi sono in queste fiabe elementi che le contraddistinguono (e che al tempo stesso sono comuni – direbbe Propp – alla morfologia della fiaba): la centralità dell'eroe anzitutto, anche se qui spesso l'eroe è una donna, un tratto molto interessante dal momento che siamo all'interno di una cultura musulmana, notoriamente (o apparentemente?) maschilista. Se è vero che* La Bella Mara *è protagonista in negativo poiché deve riparare ad una promessa mancata e che* La donna cattiva *rientra nello stereotipo della donna più perfida del diavolo,* La fanciulla più veloce del cavallo, Cenerentola, La madre che trasformò i nove figli in lupi *e soprattutto* La fanciulla più scaltra dell'imperatore *vedono per protagoniste delle donne che spesso mettono alla prova gli uomini, quasi per una sottile perfidia. La fanciulla che mette in scacco con la sua intelligenza l'imperatore ricorda alla lontana le imprese di* Bertoldo *di Giulio Cesare Croce, anche se questa ragazza – al pari delle altre protagoniste – punta in ogni caso al matrimonio e le sue astuzie sono strumentali alla costruzione di un solido rapporto di coppia; è vero però pure il contrario, che gli eroi maschi delle altre fiabe ugualmente hanno per obiettivo la conquista dell'amore (anche se gli eroi maschi ricercano assieme all'amore anche la ricchezza e il potere).*

In verità, la fiaba La fanciulla più veloce del cavallo *resta per qualche verso misteriosa, come troncata sul più bello, alla maniera del* Gordon Pym *di Edgar Allan Poe: mentre la ragazza e il figlio dell'imperatore, ambedue a cavallo, si dirigono verso il palazzo reale, il giovane si volta indietro e scopre che la ragazza non c'è più, si è volatilizzata: è vero che si tratta di una fanciulla «che non era nata da padre e da madre, ma l'avevano fatta le fate», e però la narrazione termina bruscamente, senza offrire il lieto fine che solitamente si accompagna ad ognuna di queste fiabe, anzi lasciando il lettore (o l'ascoltatore) perplesso, in cerca egli stesso di una soluzione.*

Ogni eroe delle fiabe deve qui superare un prova: stare muto per nove anni, non entrare nel dodicesimo sotterraneo, stare a servizio per tre giorni da una malefica strega, uccidere un drago, non guardare in viso lo sposo. Prove alla lunga superate grazie agli aiutanti magici ed agli oggetti magici, che in queste fiabe sono assai particolari: scatoline, fili d'erba, capelli fatati, lacrime, animali (la mucca, il pesce, la volpe, il lupo), che aiutano a sciogliere incantesimi, salvare vite umane, ricomporre situazioni indistricabili.

Alcuni elementi sono ricorrenti: ad esempio il numero nove, che ricorre in Il melo d'oro e le nove pavonesse, Il bambino dai nove candelieri, La madre che trasformò i nove figli in lupi. *Non è sicuramente un dato casuale, dal momento che la numerologia, così come l'aritmomanzia (la divinazione attraverso i numeri) e l'aritmosofia (la scienza del simbolismo dei numeri) sono tutt'oggi assai praticate nel mondo islamico: così, se ogni nome ha un equivalente numerico, usare all'interno di un racconto un numero invece di un altro rimanda ad un senso specifico. Nel nostro caso, il nove è l'emblema della "conoscenza", nato dalla somma 4 più 5 o triplo ternario: le nove muse, i nove cori angelici e persino la "prova del nove". Graficamente può essere espresso dall'intreccio o congiunzione di tre triangoli, rappresentativi, rispettivamente, del mondo fisico, animico e spirituale, che costituiscono in effetti i tre "strati" della fiaba, che si muove fra elementi terrestri (o quotidiani), animistici (o magici) e spirituali, ovvero simbolici di "realtà" sconosciute, di mondi "altri". Altro elemento ricorrente in queste fiabe è il senso vivissimo della morte, del "varcare la soglia" o del viaggio utopico: «l'eroe viene costretto a lasciare il suo ambiente, il suo viaggio lo conduce nell'altro mondo dove, grazie ad "aiutanti magici", supera pericoli "formidabili"».*[6]

La cosa è esplicitata addirittura ne La Bella Mara *alla quale viene profetizzato da un uccello che si sarebbe sposata con "un giovane morto". In effetti, accade che dodici uomini si fanno consegnare la ragazza dai genitori e la conducono nel mondo dell'al di là, dove il marito le chiede di non accendere mai né lampada né fuoco né legna, pena la sua scomparsa. Mara contravviene, così non potrà ritrovare l'uomo se non andando lungamente per il mondo calzando scarpe di ferro e portando un bastone di ferro. Sembra chiaro qui che la prova cui è chiamata la Bella Mara assomiglia al mitico albero della conoscenza, alla biblica interdizione a cogliere il frutto proibito, o all'ammonimento a non superare le colonne d'Ercole: non è possibile comprendere razionalmente il mondo dell'al di là. Chi cerca in ogni modo di penetrare i misteri dell'altra dimensione, ne resterà sconfitto, diverrà pesante tanto da restare attaccato alla terra: naturalmente si tratta di una interpretazione fra le tante possibili, che comunque lascia in piedi fascinosi interrogativi: che significa sposarsi con un giovane morto? Perché alla fine Mara potrà guardare in volto suo marito, sia pure grazie all'intercessione delle sue sorelle?*

Ma, a parte il gioco (o una sorta di psicanalisi della fiaba) è indubitabile che la fiaba ha in sé vivissimo il senso della morte.

*Amore, morte e incantesimi, insomma, astuzie e raggiri, sogni che si realizzano, spade fiammeggianti che tagliano teste, improvvise apparizioni di straordinarie fanciulle (*Il bambino dai nove candelieri, *che si trasformano in ragazze e gli regalano dell'oro). Il miraggio dell'oro che è presente in tante di queste fiabe (mele d'oro in* Il melo d'oro e le nove pavonesse, *telaio e filo d'oro, chioccia d'oro e padella d'oro in* La torre né in cielo né in terra*), non tanto come segno di ricchezza quanto come meraviglia o come attributo dell'anima esterna.*[7]

5. *Mi pare particolarmente interessante fermare l'atten-*

zione su Cenerentola, *per tentare un breve parallelo tra la presente fiaba bosniaca e la fiaba omonima che vide la luce, almeno nella versione scritta, nel 1634 ad opera di Giambattista Basile, per poi essere ripresa con profonde varianti da Perrault e dai fratelli Grimm.*

Basile, nel Pentamerone, *probabilmente riprese una traccia orale e scrisse* La gatta Cenerentola, *in cui si narra di un principe vedovo, che si risposa con «una rabbiosa, malvagia e indiavolata femmina» che ha in odio la figliastra. Accade che Zezolla – appunto la figliastra – dietro consiglio della maestra, uccide la matrigna, cosicché il padre si risposa proprio con la maestra; ma anche quest'ultima maltratta Zezolla e la riduce a curare il focolare e a vivere fra la cenere, dal che il soprannome di "Cenerentola", mentre pone in primo piano le sei figlie avute dal primo matrimonio. Il papà di Zezolla si reca in Sardegna per affari diplomatici e al ritorno porta a Zezolla un dattero, una zappa, un secchiello d'oro e un asciugamano di seta. La ragazza pianta il dattero e nel giro di quattro giorni cresce una punta dalla quale fuoriesce una fata: durante una festa, Zezolla chiede alla fata di vestirla elegantemente. Così avviene, tanto che Zezolla/Cenerentola fa colpo sul re, ma lei fugge. Così succede per altre due feste seguenti, ma l'ultima volta perde una "pianella" che viene portata al re il quale, innamoratosi perdutamente, comanda che la "pianella" sia misurata a tutte le dame del paese. Solo a Cenerentola la "pianella" calza a pennello, così il re la sposa, lasciando le sorelle lucide d'invidia, «confessando a lor dispetto che pazzo è chi contrasta con le sorelle».*[8]

Nella versione di Charles Perrault – all'interno dei Contes de ma mère l'Oye *(1697) –* La gatta Cenerentola *diviene semplicemente* Cenerentola. *Perché? E perché Basile volle dare quell'appellativo a Zezolla?*

Si possono fare molte ipotesi, ma qui occorre a mio avviso il soccorso della demologia e dell'antropologia culturale: i gatti nella tradizione magico/folklorica rappresentano tra l'altro lo "spirito del grano": in diverse tradizioni europee si assiste, per propiziare il raccolto, alla elegante vestizione di un gatto con nastri, collane, e spighe. Tutti danzano allegramente attorno al gatto così agghindato. Poi, finite le danze, il gatto viene spogliato dei suoi ornamenti (Frazer, op. cit. *pag. 512).*

Ora, la versione di Basile è la più antica e certamente dovette maggiormente risentire della cultura agraria da cui sono nate le fiabe: Perrault, nella Francia fine, gentile e "graziosa" del '600 perde completamente le radici con i miti della cultura contadina e innesta la vicenda in un ambiente ludico e aristocratico, perciò l'accostamento di Cenerentola alla gatta non gli serve più.

Ma tutto, nella versione di Perrault muta: Cenerentola non viene notata dal re ad una festa popolare, in processione, ma nel suo castello (ricorda Versailles?) dove, ovviamente, viene dato un ballo, al quale vengono invitate «tutte le persone di qualità». Le pianelle di Basile, per dirne un'altra, diventano «babbucce di vetro» e lo stesso finale sa di mielato accomodamento sociale, tant'è che Cenerentola – una volta divenuta regina – «fece alloggiare le due sorelle [e non sei come in Basile] nel palazzo reale, e fece loro sposare quel giorno stesso due grandi signori della corte».

Di fronte alla rassegnata morale di Basile, che appunto è vano lottare contro il destino, sta la morale di Perrault, anzitutto che «la grazia è il vero dono delle fate», molto più della bellezza, ma anche che nella vita per farsi avanti occorrono le madrine e i padrini, quelli sono le fate che ti risolvono i problemi.

Ciò che maggiormente colpisce della fiaba grimmiana è invece la violenza così presente, il gusto per l'orrido e il truculento, dal rapporto triste con la tomba della madre («pianse tanto che le lagrime innaffiarono il nocciuolo e lo fecero presto diventare un bell'alberello») al macabro della prova della scarpina: la prima sorellastra, per far entrare il piede nella scarpina (né pianella, né babbuccia di vetro, dunque, ma qualcosa di più borghese), si taglia il dito alluce, ma l'imbroglio si svela a causa di due piccioncini tanto che «il principe guardò il piede, vide il sangue che ne sgorgava ancora» e riporta la ragazza a casa.

La seconda sorellastra ritenta con l'inganno, tagliandosi un pezzo di calcagno, ma finisce allo stesso modo.

E poi, il finale orrido e cattivissimo (quasi un contrappasso): i due colombi beccano prima un occhio e poi l'altro delle due sorellastre, così «le due malvagie furono punite della loro perfidia e rimasero cieche per tutta la vita».

Intanto, però, Cenerentola *dei Grimm introduce un elemento che viene ripreso dalla fiaba della Bosnia, le prove che la matrigna infligge a Cenerentola: cercare quantità sempre più grandi di lenticchie nella cenere, ma la ragazza supera la prova grazie a piccioncini e tortore.*

Cenerentola di Bosnia – che è una pastorella – è sottoposta dalla matrigna a diverse prove: una prima volta le viene chiesto di filare un mucchio di lana (e la ragazza, il cui nome è Mara, ci riesce grazie all'aiuto di sua madre morta, trasformatasi in mucca), una seconda di raccogliere tutto il miglio versato per la casa. Le lenticchie dei Grimm sono divenute miglio, ma ugualmente Mara supera la terribile prova (se non l'avesse superata, la matrigna l'avrebbe uccisa) grazie a due colombi bianchi.

Muta però il luogo dell'incontro fra Cenerentola e il re: in Basile è la processione, in Perrault è il castello come anche nei Grimm, nella fiaba di Bosnia è la chiesa, mentre Cenerentola fugge per tre volte alla fine della funzione liturgica. Qui è lo stesso innamorato che va a infilare la scarpina a tutte le donne del paese e quasi non avrebbe fatto caso a Cenerentola obbligata a starsene sotto l'abbeveratoio, se un gallo non avesse esclamato: «Chicchiricchì, eccola sotto l'abbeveratoio!».

Piuttosto è interessante notare – al di là dei diversi altri dettagli e differenziazioni – che la Cenerentola di Bosnia pare recuperare una dimensione agreste e popolare, come aveva nel racconto di Basile anche se, naturalmente, è grandemente diverso il linguaggio: il barocco spumeggiante, creativo e imprevedibile di Basile – che s'era mutato nella lingua aerea e giocosa di Perrault e poi nella narrazione sintetica e imperialistica dei Grimm – diviene lingua del popolo, in cui ci senti la voglia (ed anzi la necessità) del racconto, della oralità. Ci senti il parlante anonimo, non l'elaborazione dello scrittore, e neppure una sorta di fredda vicenda come nei Grimm.

La Cenerentola *di Bosnia si avvicina di più al documento folklorico, e contiene diverse novità rispetto alle altre più celebri versioni.*

6. *In quanto alla derivazione di alcuni motivi ed elementi della fiaba bosniaca da quelle delle* Mille e una notte *(che videro la luce a Parigi nel 1703, grazie all'orientalista Galland), la cosa mi pare evidente soprattutto per il gusto della complicazione. Contrariamente a molta fiabistica europea – si pensi ad Andersen o a Wilde, per restare nella fiaba d'autore – in ambedue i casi (fiaba bosniaca e repertorio delle fiabe delle* Mille e una notte*) si assiste ad un continuo riavvolgimento della narrazione. Mentre insomma Perrault racconta una vicenda che ha un suo inizio, un corpo centrale ed una conclusione, la fiaba orientale dopo l'inizio indugia molto nelle vicende centrali che prendono più rivoli. La tecnica della fiaba nella fiaba è emblematica: all'interno della fiaba v'è qualcuno che si mette a raccontare una fiaba o comunque un altro racconto, il quale a sua volta può dar vita ad un'altra fiaba ancora, come nel gioco delle scatole cinesi. La fiaba islamica (anche se probabilmente molte di queste narrazioni sono persino pre-islamiche) sembra non voler concludersi e in qualche modo voler confondere il lettore: ne fanno prova "Aladino e la lampada*

meravigliosa", "Assan e la principessa degli spiriti" in particolare, ma anche tutte le altre fiabe. È un dato che si ritrova spesso anche nelle fiabe bosniache, assieme ad un vero e proprio eccesso di "magismo": nella fiaba europea il magico è strumentale alla storia, irrompe in alcuni momenti per poi ritirarsi, nella fiaba bosniaca a volte è un ornamento, un arabesco, una rutilante decorazione (senza giungere però alla continua presenza del magico della fiaba islamica).

Cavalli fatati, spiriti dell'al di là, spade sanguinarie, ossessioni d'amore, ricerca di tesori nascosti mi paiono i dati comuni, mentre stranamente nella fiaba di Bosnia resta quasi estranea l'avventura per mare, mentre nelle Mille e una notte *è fondamentale, come si ricorderà a riguardo de* I viaggi di Sindbad il marinaio, *che danno vita ad una sorta di racconto epico, in cui Sindbad – narrando le sue peripezie al povero Hindbad – gli dimostra che è del tutto giusto che egli si sia arricchito e viva nel lusso gli ultimi anni della sua vita.*

*Non v'è neppure – nelle fiabe di Bosnia – un richiamo alla religione fondata da Maometto, anzi i turchi vengono in una fiaba (*Il bambino dai nove candelieri*) duramente puniti a suon di mazze ferrate, assieme all'imperatore di Istambul; invece, nelle* Mille e una notte *i richiami alla religione mussulmana sono molteplici e chiari, come gli elementi del "deserto" e dei "dervisci", ovvero uomini santi.*

7. *In definitiva le fiabe di Bosnia, proprio per il retroterra storico e la posizione geografica, sono anch'esse un crogiolo di riferimenti e di culture (europea, islamica, slava) che ne fanno un materiale fantastico assolutamente originale e variegato, che si può presentare ai bambini ed agli adulti che ci vedranno – a differenti livelli – una fantasia meravigliosa ma anche un mondo di valori, un caleidoscopio in cui la fortuna, il caso o il destino mutano le storie degli uomini, se essi non sono troppo presi dall'accidia e dall'avidità.*

La fiaba insomma – perciò anche quella di Bosnia – risulta non una vana perdita di tempo, ma una scuola di vita ed allo stesso tempo un'immersione assai profonda nel cuore antico della Bosnia, questa nuova/antica nazione in cui di nuovo s'accendono – in questi ultimi anni del secolo – i bagliori della guerra.

Daniele Giancane

Note

[1] Si vedano i testi di S. THOMPSON, *La fiaba nella tradizione popolare*, Il Saggiatore, 1979 e di M. LUTHI, *La fiaba popolare europea*, Il Saggiatore, 1979.

[2] Un'opera di grandissimo interesse fu il recupero e la trascrizione delle fiabe popolari siciliane a cura di Giuseppe Pitrè, che resta un monumento di ricerca demologica. Pitré pubblicò la *Biblioteca delle tradizioni siciliane* in venticinque volumi, l'*Archivio per lo studio delle tradizioni popolari* in ventiquattro volumi, nonché le *Fiabe, novelle e racconti popolari.* Fra gli altri raccoglitori di fiabe regionali converrà citare Vittorio Imbriani ed Emma Perodi che agirono sulle fiabe popolari toscane con intenzioni diverse: di fedele trascrizione l'Imbriani, di reinvenzione creativa la Perodi che è in effetti più scrittrice che demologa (per la Perodi si veda l'ottima edizione di Einaudi, con un acuto saggio introduttivo di A. Faeti, 1974).
La collana di Mondadori, invece, che in Italia dette vita qualche anno or sono alla pubblicazione di fiabe regionali, partì dall'idea di integrare il lavoro di Calvino, che scelse secondo criteri suoi, certamente non dando voce a tutto il materiale fiabesco nazionale. Il caso della Puglia è emblematico: le fiabe selezionate da Calvino sono soltanto sette, mentre la raccolta di Bronzini e Cassieri (Mondadori, 1980) vede riunite molte fiabe, anche se i due inserirono storie non propriamente fiabesche, ma più vicine al racconto sacro e all'apologo di vita quotidiana.

[3] La tipologia degli oggetti magici è stata studiata da Angela Danisi nel volume *Lo specchio velato* (Bari, Levante, 1991). Vi si afferma che infiniti sono gli oggetti magici presenti nelle fiabe europee, dagli anelli alle spade dotate di poteri particolari, agli specchi che rispondono alle domande, ai peli di animali vari, capaci di seminare morte e distruzione o di moltiplicarsi e ingigantirsi, per trasformarsi in intricate foreste; tra gli oggetti più rari v'è il libro, «la cui funzione non è quella di poter leggere il passato o il futuro, come nella prassi magica, bensì quello di permettere la metamorfosi della persona amata, semplicemente sfogliando le pagine» (p. 33).

[4] I. CALVINO, *Fiabe italiane,* Mondadori, 1933, p. 15, ora anche in I. CALVINO, *Sulla fiaba*, Torino, Einaudi, 1988, p. 21. La riflessione di Calvino riguarda appunto i criteri del suo lavoro sulle fiabe italiane, criteri linguistici e criteri tipologici e geografici (rappresentare tutti tipi di fiaba di cui è documentata l'esistenza nei dialetti italiani e rappresentare tutte le regioni italiane).

[5] Posso quindi affermare anch'io che questo lavoro è scientifico per tre quarti e «per l'ultimo quarto frutto d'arbitrio individuale».

[6] D. RICHTER, *La luce azzurra*, Mondadori, 1995, p. 33.

[7] Con questa terminologia s'intende una specie di divaricazione fra anima e corpo, un'affrancatura dell'anima dal peso corporeo: l'oro è il nucleo dell'anima, la sua ispirazione più profonda, una sorta di richiamo al sé originario, qualcosa di alchemico che sa di ricerca iniziatica. Si tratta di elementi molto comuni nella fiabistica slava (cfr. J. G. FRAZER, *Il ramo d'oro*, Roma, Newton Compton, 1992, p. 738).

[8] G. B. BASILE, *Il racconto dei racconti*, Milano, Adelphi, 1994, p. 89.

FABBRI

Il melo d'oro e le nove pavonesse

C'era una volta un imperatore che aveva tre figli e davanti al palazzo un melo d'oro che, durante la notte, fioriva e produceva frutti che qualcuno coglieva, ma nessuno sapeva chi fosse. Un giorno l'imperatore, conversando con i figli, esclamò:

«Ma dove vanno a finire i frutti del nostro melo?»

Allora il maggiore dei figli disse:

«Stanotte io sorveglierò il melo per vedere chi ne coglierà i frutti.»

Quando imbrunì, si sdraiò sotto l'albero per vigilare, ma, allorché le mele cominciarono a maturare, si addormentò; quando all'alba si svegliò, i frutti erano già stati colti. Allora egli andò dal padre e gli raccontò tutta la verità.

Si offrì poi il secondo figlio per custodire il melo, ma anch'egli fece come il primo: si addormentò sotto l'albero e, quando all'alba si svegliò, le mele erano già state colte.

Giunse così il turno del più giovane dei figli; egli andò sotto l'albero, si preparò il letto e si mise a dormire.

Prima della mezzanotte si svegliò per osservare quello che succedeva: il melo cominciò a fruttificare e tutto il cortile s'illuminò. In quel momento arrivarono volando nove pavonesse d'oro, otto caddero sul melo e la nona sul letto del principe; cadendo si trasformò in una fanciulla di una bellezza mai vista in tutto l'impero. Così i due si abbracciarono e si baciarono fino alla mezzanotte.

Poi la ragazza si alzò, lo ringraziò per le mele ed egli la pregò di lasciargliene almeno una; ella gliene lasciò due: una per sé, l'altra perché la portasse al padre, quindi la fanciulla si trasformò nuovamente in pavonessa e volò via con le altre.

Quando albeggiò, il figlio dell'imperatore si alzò e portò al padre ambedue le mele. Egli fu molto contento e lodò il figlio.

Giunta la sera, il ragazzo si preparò per sorvegliare nuovamente il melo. Tutto andò come la notte precedente e il giorno dopo portò al padre ancora due mele d'oro.

Dopo alcune notti i fratelli cominciarono ad odiarlo perché riusciva ogni notte a custodire il melo. Essi si rivolsero ad una vecchia strega che promise loro di catturare il giovane per sapere da lui come riusciva a custodire le mele. Alle prime ombre della sera la vecchia si accostò all'albero, poi strisciò sotto il letto nascondendosi.

Poco dopo arrivò il giovane figlio dell'imperatore e si coricò come le altre volte.

A mezzanotte ecco le nove pavonesse, otto caddero sul melo e la nona sul letto del principe diventò una bella fanciulla.

Allora la vecchia adagio prese la treccia della ragazza che pendeva dal letto e la tagliò; subito la fanciulla balzò dal letto, si trasformò in pavonessa e volò scomparendo insieme alle altre che portavano le mele. Anche il principe balzò dal letto e gridò: «Che cosa succede?»

Poi accortosi che sotto il letto c'era la vecchia la tirò fuori e, il giorno seguente, comandò ai cavalli di dilaniarla a colpi di coda. Le pavonesse non vennero più sul melo e per questo il figlio dell'imperatore era molto triste e spesso piangeva.

Infine decise di andare per il mondo a cercare la sua pavonessa e di tornare solo dopo averla trovata; poi andò dal padre per comunicargli la sua decisione. L'imperatore cercò di distoglierlo dall'idea e lo pregò di dimenticare quella fanciulla perché nel suo impero avrebbe potuto trovarne un'altra più bella da amare.

Ma tutto fu inutile, il principe si preparò e se ne andò per il mondo con uno schiavo in cerca della sua pavonessa. Girovagando arrivò presso un lago, qui vi era un grande e lussuoso palazzo dove abitava una vecchia imperatrice con sua figlia.

Il principe domandò alla vecchia:

«Per caso sai qualcosa delle nove pavonesse d'oro?»

E la vecchia rispose:

«Figlio mio, so che tutti i giorni a mezzogiorno vengono qui per farsi il bagno in questo lago, ma ti prego, dimentica la tua pavonessa, prendi con te mia figlia che è una bellissima ragazza e tutto il tesoro sarà tuo.»

Ma egli, sperando di poter vedere le pavonesse, non volle neanche ascoltare le parole della vecchia. Appena albeggiò, il principe si alzò e se ne andò vicino al lago per aspettare le pavonesse, ma la vecchia corruppe il servo e consegnandogli un piccolo mantice per accendere il fuoco gli disse:

«Vedi questo piccolo mantice; quando vi allontanerete dal lago, senza che se ne accorga, soffia un po' dietro al collo del tuo padrone, egli subito si addormenterà, così non potrà parlare con le pavonesse.»

Quel disgraziato fece proprio come la vecchia gli aveva detto: appena si allontanarono del lago, colse il momento adatto per soffiare con il piccolo mantice sul collo del principe che subito si addormentò profondamente. Mentre egli dormiva, giunsero le nove pavonesse: otto caddero sul lago e la nona sul cavallo del giovane, ella abbracciandolo cercava di svegliarlo dicendo:

«Svegliati, tesoro mio! Svegliati, cuore mio! Svegliati anima mia!»

Egli giaceva come se fosse morto. Le pavonesse, dopo aver fatto il bagno, se ne volarono via tutte insieme. Allora il principe si svegliò e domandò al servo: «Cosa è successo, sono arrivate?»

Il servo raccontò che erano venute: otto erano cadute nel lago e la nona sul suo cavallo, quest'ultima lo aveva abbracciato cercando di svegliarlo. Sentendo ciò il principe disperato avrebbe voluto uccidersi. Il giorno dopo all'alba si preparò con il servo, montò a cavallo e cavalcò lungo il lago. Ancora una volta il servo trovò l'occasione di soffiare con il piccolo mantice dietro il collo del principe che subito si addormentò profondamente. Mentre dormiva ecco arrivare le nove pavonesse: otto caddero nel lago, la nona sul cavallo del principe e abbracciandolo cercava di svegliarlo dicendo:

«Svegliati, tesoro mio! Svegliati, cuore mio! Svegliati, anima mia!»

Ma non poteva far nulla per lui: egli giaceva come morto. Allora ella si rivolse al servo e disse:

«Dì al tuo padrone: domani potrà aspettarci ancora qui, poi non ci potrà mai più vedere in questo luogo.»

E così se ne volarono. In questo preciso momento il principe si svegliò e chiese al servo: «Sono venute?»

E il servo rispose: «Sicuro, e ti hanno avvertito che le potrai incontrare qui ancora domani, poi non verranno più in questo luogo.» Sentito ciò, il poverino non sapeva più cosa fare e per la disperazione si strappava i capelli dalla testa.

Quando giunse il terzo giorno, egli di nuovo sostò vicino al lago, montò a cavallo e, per paura di addormentarsi, non volle passeggiare intorno al lago, ma preferì galoppare velocemente. Ancora una volta il servo trovò il modo per soffiare con il mantice sul collo del principe che cadde addormentato sul cavallo. Mentre dormiva giunsero le nove pavonesse: otto caddero nel lago e la nona sul cavallo del figlio dell'imperatore ed ella abbracciandolo cercava di svegliarlo dicendo:

«Svegliati, tesoro mio! Svegliati, cuore mio! Svegliati, anima mia!»

Ma nulla poteva aiutarlo: egli giaceva come morto. Allora la pavonessa disse al servo: «Quando il tuo padrone si sveglierà, digli di spostarsi dalla parte più alta a quella più bassa, e allora mi troverà.»

Così tutte le pavonesse volarono via e il principe si svegliò e chiese al servo: «Sono arrivate?»

E il servo rispose: «Sono venute e quella che è caduta sul tuo cavallo mi ha incaricato di dirti di spostarti dalla zona più alta a quella più bassa, solo così potrai ritrovarla.»

Quando il giovane sentì ciò estrasse la spada e tagliò la testa al servo. Così da solo riprese a viaggiare per il mondo e, dopo aver girovagato a lungo, giunse su una montagna e qui pernottò presso un eremita a cui chiese notizie sulle nove pavonesse d'oro.

Il vecchio gli rispose: «Figlio mio, tu sei fortunato, Iddio ti ha condotto proprio nel posto giusto. Solo metà giornata di cammino ti divide da loro. Ora è bene che tu vada, troverai una porta con tanti battenti, passando oltre mantieni la destra così arriverai direttamente nella città dove si trova il palazzo delle pavonesse.»

Quando albeggiò, il principe si alzò, si preparò, ringraziò l'eremita e se ne andò seguendo la strada che gli era stata indicata. E così viaggiando trovò la porta dai grandi battenti e superandola prese la destra finché verso mezzogiorno vide la città che biancheggiava e si rallegrò molto.

Subito s'informò dove fosse il palazzo delle nove pavonesse d'oro. Giunto all'ingresso fu fermato dalla sentinella che gli domandò chi fosse e da dove venisse e, dopo che il principe ebbe spiegato tutto, la sentinella andò ad avvisare l'imperatrice che corse verso di lui pazza di gioia, e, presolo per mano, lo fece entrare nel palazzo. Qui vi fu grande gioia e, dopo alcuni giorni, i due si sposarono e vissero insieme.

Un giorno l'imperatrice andò a passeggiare e il principe rimase nel palazzo; prima di andarsene ella consegnò al marito le chiavi di dodici sotterranei e gli disse: «Potrai entrare in tutti i sotterranei, ma nel dodicesimo non entrare per nessuna ragione, ti prego non scherzare con il fuoco. E così se ne andò.»

Il principe rimasto solo nel castello, pensava tra sé: «Che cosa ci sarà nell'ultimo sotterraneo?» E cominciò ad aprire i sotterranei uno per uno.

Quando giunse al dodicesimo in un primo momento non voleva aprirlo, ma di nuovo pensò a quello che vi poteva essere dentro, infine, lo aprì. Qui nel mezzo c'era una grande botte aperta, tutta rinforzata con cerchioni di ferro, da essa usciva una voce:

«Per pietà fratello, muoio di sete, dammi un bicchier d'acqua!»

Il principe versò dell'acqua nella botte, ma appena fece ciò subito si staccò da essa un cerchione. E ancora una volta si sentì la voce:

«Per misericordia, fratello, muoio di sete, dammi un altro bicchier d'acqua!»

Il figlio dell'imperatore di nuovo versò l'acqua e subito nella botte si staccò un altro cerchione e di nuovo si sentì una voce dalla botte: «Per pietà, muoio di sete; dammi ancora un bicchier d'acqua!»

Il principe versò ancora un bicchier d'acqua nella botte, così si staccò anche il terzo cerchione: allora la botte si sfasciò e da essa uscì un drago che volando afferrò l'imperatrice e se la portò con sé. Subito le schiave andarono dal principe per avvisarlo di ciò che era successo ed egli, disperato, non sapeva più che fare, infine decise ancora una volta di andarsene per il mondo a cercare la sua donna.

Viaggiando per il mondo, corse vicino ad un rivo d'acqua e si accorse di un piccolo pesce che sguazzava in un pantano lì nei pressi. Quando il pesciolino vide il principe lo pregò:

«Per amor di Dio, fratello, se mi sei fratello, buttami nell'acqua! Io ti sarò molto utile, prendi da me una scaglia e, quando sarai in pericolo, scuotila solo un po'.»

Dopo un po' di tempo, andando così per il mondo, trovò una volpe imprigionata in una tagliola. Quando l'animale si accorse di lui, gli disse:

«Per amor di Dio, se sei mio fratello, liberami dalla tagliola! Io ti sarò utile al momento giusto; prendi da me un pelo e, quando sarai in pericolo, scuotilo un po'.»

Il principe prese un pelo dalla volpe e la liberò.

Camminando un giorno in montagna trovò un lupo preso nella tagliola, che appena lo vide gli disse:

«Per amor di Dio, se sei mio fratello, liberami! Prendi un mio pelo e, quando ti troverai in pericolo, scuotilo solo un po'.»

Il principe prese un pelo dal lupo e poi lo liberò.

Dopo tutto questo, viaggiando a lungo, il figlio dell'imperatore incontrò un uomo al quale chiese:

«Per amor di Dio, fratello, sai dove si trova il palazzo del drago imperatore?»

Quell'uomo gli indicò esattamente la strada e gli consigliò anche l'ora giusta per arrivare in quel luogo. Il principe lo ringraziò e andò sempre avanti finché non giunse alla città del drago. Quando entrò nel palazzo trovò la donna che amava. Ambedue furono molto felici e cominciarono a pensare come poter fare per essere liberi. Infine si misero d'accordo per fuggire. Si prepararono in fretta per il viaggio, montarono a cavallo e si allontanarono velocemente.

Poco dopo giunse il drago a cavallo e, accortosi che l'imperatrice non c'era più, disse al cavallo:

«Cosa faremo ora? Mangiamo e beviamo qui oppure li inseguiamo subito?»

Il cavallo rispose:

«Per ora mangia e bevi e non ti preoccupare, perché li

raggiungeremo.»

Dopo pranzo il drago montò a cavallo; li inseguì e, in breve tempo, li raggiunse. Nel rapire la donna disse al principe:

«Addio, allontanati, questa volta ti risparmio la vita perché mi hai dato l'acqua quando ero prigioniero nella botte, ma non ritornare mai più se ti è cara la pelle!»

Il poveretto se ne andò, ma non potendo resistere, ritornò indietro e, il giorno dopo, era di nuovo al palazzo del drago dove trovò la sua donna sola e piangente. Appena si incontrarono cominciarono a pensare come fuggire. Allora il figlio dell'imperatore le disse:

«Quando arriverà il drago, chiedigli dove ha preso il suo cavallo, io lo cercherò della stessa razza così non ci potrà raggiungere.»

Poi andò via. Quando il drago giunse a casa l'imperatrice lo circondò di mille moine e parlò con lui di tante cose; alla fine disse:

«Che cavallo veloce che hai! Da chi lo hai ricevuto, per Dio?»

E il drago rispose:

«Io l'ho avuto, ma non tutti possono ricevere un regalo come questo. Su una montagna c'è una vecchia che ha dodici cavalli uno più bello dell'altro. C'è poi in un angolo un cavallo che sembra come se fosse tignoso, invece è il migliore di tutti; esso è il fratello del mio cavallo, chi lo riceve può cavalcandolo arrivare anche in cielo. Ma chi vuole dalla vecchia quel cavallo deve servirla tre giorni. Infatti ella ha una cavalla e un puledro, chi li custodirà per tre notti avrà diritto a scegliersi il cavallo che vuole, ma se non ci riuscirà, egli sarà ucciso.»

Il giorno dopo, quando il drago uscì di casa, il principe arrivò e la donna gli raccontò tutto quello che aveva sentito. Egli andò allora sulla montagna dalla vecchia e qui giunto le disse:

«Aiutami per pietà, vecchia!»

Ed ella:

«In che cosa posso aiutarti?»

Ed egli:

«Volentieri starei al tuo servizio.»

Allora la vecchia disse:

«Bene figlio. Se per tre giorni custodirai la cavalla, ti darò il cavallo che desideri; in caso contrario ti ucciderò.»

Così lo condusse al centro del cortile intorno al quale c'erano tanti pali e da ognuno pendeva una testa umana, soltanto uno era ancora senza e improvvisamente questo palo gridò:

«Dammi o vecchia la sua testa!»

La vecchia mostrò tutto questo al principe e poi disse:

«Vedi, tutti costoro sono stati al mio servizio e nessuno è riuscito a custodire la cavalla.»

Ma il figlio dell'imperatore non s'impressionò e rimase al servizio della vecchia.

Quando fu sera, si sedette sulla cavalla fuori nel campo mentre il puledro correva lì vicino.

Verso la mezzanotte egli si addormentò e quando si svegliò non montava più la cavalla ma un tronco, dell'animale gli era rimasta in mano solo la cavezza. Molto preoccupato subito si mise in giro a cercare la cavalla e cercandola s'imbatté in un corso d'acqua. Allora il principe si ricordò del pesciolino che aveva buttato dal pantano nell'acqua, prese dal fazzoletto la scaglia, la mosse un po' fra le dita e il pesciolino improvvisamente si presentò fuori dall'acqua:

«Che cosa succede, amico?»

Egli rispose:

«È scappata la cavalla della vecchia e non so dove sia.»

Il pesciolino gli disse:

«La cavalla si è trasformata in pesce e il puledro in pesciolino: batti con la cavezza sull'acqua e dì: "Dura, cavalla della vecchia!".»

Dura subito ritornò una cavalla come prima e comparve con il puledro sulla riva. Allora il principe le mise la cavezza, la montò e se ne andò a casa con il puledro dietro. Quando la vecchia tornò diede da mangiare al servitore e portò, tutta arrabbiata, la cavalla nella stalla, dicendo:

«In pesce, maledetta!»

E la cavalla rispose:

«Sono stata già fra i pesci, ma i pesci sono amici del principe e perciò l'hanno aiutato.»

E di nuovo la vecchia:

«In volpe!»

Prima che giungesse la notte il principe si sedette fuori sulla cavalla mentre il puledro correva lì vicino. Verso mezzanotte egli si addormentò sull'animale, quando si svegliò egli non montava più la cavalla, ma un tronco, in mano gli era rimasta solo la cavezza. Quando si accorse di ciò, si spaventò e subito si mosse per cercare l'animale e, ricordandosi delle parole che la vecchia aveva detto alla cavalla nella stalla, prese dal fazzoletto il pelo di volpe, lo mosse un po' e subito la volpe apparve e disse:

«Cosa è successo amico?»

Ed egli rispose:

«È scappata la cavalla della vecchia e non so dove sia.»

La volpe gli disse:

«Eccola fra di noi, è diventata una volpe e il puledro un volpacchiotto, batti la cavezza sulla terra e dì: "Dura, cavalla della vecchia!".»

E Dura ritornò cavalla e improvvisamente nitrì con il puledro davanti al principe. Allora egli la legò alla cavezza, la montò e se ne andarono a casa con il puledro dietro.

Quando giunse la vecchia, diede da mangiare al servitore, condusse la cavalla nella stalla e, tutta infuriata, le disse:

«In volpe, maledetta!»

Ed ella rispose:

«Sono già stata tra le volpi, ma esse sono amiche del principe perciò l'hanno aiutato.»

«E allora in lupo!»

A sera il principe montò la cavalla, poi se ne andò fuori e il puledro correva lì vicino. Verso mezzanotte egli s'addormentò e, quando si destò, egli non montava più la cavalla, ma un pezzo di legno e fra le mani stringeva ancora la cavezza dell'animale. Impaurito subito corse a cercare la cavalla, ma improvvisamente si ricordò delle parole che la vecchia aveva detto alla bestia nella stalla, allora tirò fuori dal fazzoletto il pelo di lupo, lo mosse un po' e subito il lupo comparve dicendo:

«Che cosa è successo, amico?»

Ed egli rispose:

«Mi è scappata la cavalla della vecchia e non so dove sia.»

Il lupo gli disse:

«Eccola, essa è fra di noi, trasformata in lupa mentre il puledro è un lupetto; batti la cavezza sulla terra e dì: "Dura, cavalla della vecchia!".»

E la cavalla ritornò cavalla com'era prima e subito comparve con il puledro. Allora il principe le attaccò la cavezza e cavalcò su di essa fino a casa con il puledro dietro.

Quando giunse la vecchia diede da mangiare al servitore, portò la cavalla nella stalla e piena di collera, le disse:

«In lupo, maledetta!»

E la cavalla rispose:

«Sono già stata fra i lupi, ma essi sono amici del principe e l'hanno aiutato.»

Allora la vecchia uscì e subito il figlio dell'imperatore esclamò:

«Vecchia, io ti ho servito onestamente. Ora dammi ciò che abbiamo stabilito.»

La vecchia annuì:

«Figlio, sarà come abbiamo stabilito. Ecco, scegli fra i dodici cavalli quello che vuoi.»

Il principe disse:

«Scelgo quello tignoso che sta nell'angolo, gli altri non mi piacciono.»

La vecchia cercò di dissuaderlo:

«Come mai scegli quello tignoso quando ci sono tanti cavalli meravigliosi?»

Egli rimase però fermo nella sua decisione:

«Dammi quello che voglio, così abbiamo stabilito!»

La vecchia fu costretta a dargli il cavallo tignoso, il principe si congedò da lei portando il cavallo alla cavezza.

Giunto nel bosco lo strigliò e lo ripulì tanto bene che il pelo della bestia sembrava d'oro. Poi montò sul cavallo e corse, quasi volò come un uccello, e, in un batter d'occhio, giunse alla dimora del drago.

Appena entrato disse all'imperatrice:

«Preparati in fretta.»

Così montarono ambedue sul cavallo e se ne andarono. Poco dopo venne il drago, che, accortosi della mancanza della donna, chiese al cavallo:

«Cosa faremo ora? Mangiamo e beviamo prima, oppure li inseguiamo subito?»

«Mangi o non mangi, bevi o non bevi, li segui o non li segui non potrai mai raggiungerli», rispose il cavallo.

Allora il drago montò subito a cavallo e li inseguì.

Quando i due si accorsero che il drago era ormai vicino, si spaventarono e spronarono il cavallo affinché corresse più veloce, ma la bestia disse loro:

«Non abbiate paura, non serve fuggire.»

Ad un tratto il cavallo del drago, accostandosi a quello del principe gridò:

«Ti prego, fratello, aspettami, creperò inseguendoti così.»

La bestia gli propose:

«Ma perché sei così matto da portare in groppa quel

drago? Scaraventalo a terra e vieni via con me.»

Sentito ciò, il cavallo scosse violentemente la testa e, sollevandosi con forza sulle zampe, scaraventò a terra il drago che si schiantò su una grossa pietra.

L'imperatrice montò sul cavallo rimasto libero e così felici, lei e il principe, se ne andarono nella dimora imperiale dove regnarono fino alla fine dei loro giorni.

Graficamente può essere espresso dall'intreccio o congiunzione di 3 triangoli, rappresentativi, rispettivamente, del mondo fisico, animico e spirituale che costituiscono in effetti i 3 strati della fiaba, che si muove tra elementi terrestri (o quotidiani) animistici (o magici) e spirituali, ovvero simbolici di "realtà" sconosciute, di mondi "altri".
Altro elemento è il senso vivissimo della morte, del "varcare la soglia" o del viaggio utopico: "l'eroe viene costretto a lasciare il suo ambiente, il suo viaggio lo conduce nell'altro mondo dove, grazie ad aiutanti magici, supera pericoli, fami, dolori".

Il bambino dai nove candelieri

C'era una volta un artigiano che aveva come apprendista un bambino con il quale spesso se ne andava in montagna a far legna. Una sera, gironzolando e vagabondando sui monti, l'artigiano vide nel terreno un'apertura, ma non volle entrarvi e disse al ragazzo:

«Avanti, servo, quello che prenderemo lo divideremo a metà.»

Il bambino, come ogni bambino, imprudente e pazzerello, aspettò a stento che il padrone terminasse di parlare e subito s'infilò sotto terra e vagò in quella fitta oscurità finché giunse in una grande cantina. Quando fu lì vide tre cumuli di monete d'oro splendenti come il sole.

Sul primo mucchio sedeva un'enorme aquila grigia, sul secondo si arrotolava un serpente variopinto con tre teste e sul terzo era accoccolato il diavolo che subito mostrò i denti al bambino...

Il ragazzo forte e coraggioso corse verso il primo cumulo, ma non riuscì a prendere nulla, corse poi verso il secondo e lo stesso nulla, corse infine verso il terzo e ancora niente. Insomma non riuscì a prendere nulla, soltanto una scatola che nascose in petto. A questo punto soffiò un vento così forte che trasportò il bambino sulle pietre di un bosco fitto e abbandonato, senza né uccelli, né tetto, né letto.

Vagabondò di qua e di là e quando capì che non avrebbe potuto trovare nulla in quel bosco per sopravvivere, s'incamminò verso il mare.

Qui giunto vide dalla parte opposta una città. Cosa poteva fare il poveretto per poter attraversare il mare? Il bambino pensò e ripensò finché si decise: scelse un legno, con esso si costruì una zattera che potesse portarlo sull'altra sponda, si sedette su di essa e guidandola attraverso il mare arrivò in quella città.

«Cosa farò ora, povero me, se qui non conosco nessuno?» disse il bambino e ricominciò a pensare, infine andò in una locanda e lavorò tagliando la legna per l'oste che gli dette pranzo e cena.

Il giorno dopo l'oste gli disse:

«Io ti ho dato pranzo e cena, ma ora va a cercarti un altro posto, a me non servi più.»

Così il bambino se ne andò al mercato, si avvicinò ad una bottega ed il padrone gli domandò:

«Cosa vuoi ragazzo?»

Il ragazzo rispose:

«Dammi un po' di denaro per cenare perché ho una fame da lupo.»

Quell'uomo aveva il cuore tenero e diede al bambino denaro per due cene:

«Eccoti piccolo, mangia.»

Il ragazzo corse via e quando consumò i soldi, tornò di nuovo in quella bottega e tanto fece che ottenne anche la terza cena. Ma dopo il padrone gli disse:

«Avanti, figlio, cercati qualche altro, io non posso più darti nulla.»

Sentito ciò il ragazzo tornò alla prima locanda.

Pensò fino all'impossibile come potersi sfamare, ma ad un tratto, girando qua e là per la stanza, toccò appena la scatola che aveva in petto, l'aprì e in essa trovò nove candelieri. Allora il bambino pensò:

«Mi servono nove candele da mettere su questi nove candelieri perché possano illuminare.»

Quindi andò da un signore e lo pregò:

«Dammi o signore, nove monete, ti servirò per nove giorni.»

Servì il padrone e poi comprò con le nove monete nove candele per i nove candelieri, ma quando accese le candele, ecco apparire nove fanciulle sulla porta. Le nove ragazze cantarono, ballarono e suonarono fino a mezzanotte. Dopo la mezzanotte ognuna offrì al bambino un sacchetto di soldi dicendogli:

«Ecco, signore, ora potrai comprarti ciò che vuoi.» E se ne andarono. Quando il giorno seguente il ragazzo chiese di prepararargli una ricca cena, l'oste ridendo gli disse:

«Non hai soldi per pagarti una buona cena.»

E il ragazzo gli rispose:

«Io posso con i miei soldi comprare l'intera locanda» e gli mostrò i nove sacchetti pieni di denaro. Allora l'oste meravigliato gli domandò:

«Figlio mio caro, da dove vengono tutti quei soldi se prima non avevi nulla? Forse li ha rubati? Bada che ciò mi creerebbe molti problemi.»

Il ragazzo giurò all'oste:

«Mi possano accecare, io non ho rubato questi soldi, Dio me li ha dati. Ti prego vieni stasera e porta nove candele, siedi vicino a me e vedrai ciò che non hai mai visto in vita tua.»

Con questo l'oste fu bell'e sistemato. A sera portò le candele e una buona cena, poi sedette vicino al ragazzo per vedere ciò che succedeva. Il bambino, mentre consumava la cena, accese le nove candele sui nove candelieri e in un baleno giunsero nove fanciulle che cantarono, suonarono e ballarono fino a mezzanotte poi ognuna andandosene consegnò di nuovo al bambino un sacchetto di monete d'oro. E così accadde ogni notte. Il ragazzo si arricchì e comprò metà della città.

La notizia di quel prodigio giunse molto lontana, lo seppero perfino l'imperatore e sua figlia che subito invitarono il ragazzo a Istambul.

Appena il sovrano ricevette il ragazzo, gli chiese:

«Chi sei tu per ricevere la visita di nove ragazze che ti regalano ogni volta dell'oro?»

Il bambino rispose:

«Aspetta imperatore, quando imbrunirà ti mostrerò chi sono.»

A sera giunsero l'imperatore, sua figlia e molti signori di Istambul per assistere al fatto prodigioso.

Mentre tutti sedevano, il ragazzo accese le candele e in un baleno apparvero le fanciulle che cantarono, suonarono e ballarono fino a mezzanotte.

A mezzanotte se ne andarono e ognuna regalò al padrone di casa un sacchetto pieno di monete d'oro.

L'imperatore fu talmente incantato dal prodigio che decise di rubare la scatola al bambino.

La sera seguente sua altezza imperiale raccolse intorno a sé i signori di Istambul per recarsi insieme nel luogo dove si trovava il bambino con i suoi candelieri.

Quando l'imperatore e tutto il seguito sedettero sui divani, il bambino come al solito accese le candele, ma al posto delle fanciulle comparvero nove Arabi, ognuno munito di una mazza ferrata, con la quale colpiva l'imperatore e i nobili di Istambul. Tutti gridavano per il dolore e quando il sovrano non potette più sopportare i colpi, supplicò il bambino di liberarlo dagli Arabi e non rubò più la scatola. Allora il bambino spense le candele e in un baleno gli Arabi scomparvero. Poi se ne ritornò nella sua città sul mare e ancora oggi vive lì se non è morto.

La bella Mara

Vivevano una volta due coniugi che avevano una figlia a cui avevano dato il nome di “Bella Mara”.

Il giorno del suo sedicesimo compleanno la ragazza, con il telaio e alcuni fili di seta, se ne andò a ricamare in giardino.

Dopo un po’ di tempo, su di un ramo un uccello cominciò a cantare e a dire:

«Bella Mara, tu ti sposerai con un giovane morto.»

Mara, piangendo, corse a casa della mamma che si meravigliò vedendola tornare così presto dal giardino. La fanciulla raccontò alla mamma ciò che le aveva predetto l’uccello.

«Oh! figlia, tu sei l’unica per la tua mamma, perché ti dovrei lasciar andare nel mondo dell’al di là?»

Ma dopo tre giorni l’uccello ripeté le stesse parole e la mamma continuò a consolare la figlia, rassicurandola che non sarebbe successo niente. Così tutto andò per il meglio, ma l’anno seguente giunsero da un paese sconosciuto dodici uomini che dissero ai genitori di Mara:

«Dateci la vostra figlia per un nostro compagno!»

I genitori impietriti non riuscirono a profferir parola e consegnarono la ragazza subito, senza sapere neanche a chi l’avrebbero data in moglie.

I dodici sconosciuti si incamminarono in fretta verso la montagna. Arrivati all’ingresso di una roccia vi entrarono, avanti ne andavano sei, dietro di loro la bella Mara seguita dagli altri sei. Si trovarono così in un altro mondo e subito si diressero verso una casa circondata da un giardino.

Qui gli uomini, rivolgendosi alla ragazza, dissero:

«Bella Mara, ti abbiano condotto in questa casa dove a sera arriverà il tuo sposo, ora egli lavora.»

Quando scese l’oscurità, Mara si trovò sola nel mondo dell’al di là. A sera giunse il futuro marito, che la salutò e disse:

«Tu sarai mia moglie ed io tuo marito, ma porrò una condizione e vedremo se la rispetterai. Per tutta la vita non dovrai accendere alcuna luce né lampada né fuoco né legna, per il pranzo e per la cena tutto arriverà già pronto. Io andrò al lavoro al mattino presto e ritornerò a tarda sera. Se non farai quello che ti ho detto e accenderai una qualsiasi luce nella nostra casa, io scomparirò e non mi ritroverai se non quando andrai per il mondo calzando scarpe di ferro e portando un bastone di ferro.»

Così vissero per quattro o cinque mesi, ma una sera Mara chiese al marito di poter andare a trovare i genitori ed egli l'accontentò:

«Domani dodici dei miei uomini ti accompagneranno. Resta lì due giorni dai tuoi cari, poi i miei compagni ritorneranno per ricondurti qui.»

Il giorno seguente Mara si recò dai genitori. Essi l'aspettavano con gioia:

«Oh figlia, da quanto non abbiamo tue notizie! Dal giorno in cui ti abbiamo data in moglie, sempre ci ricordiamo delle parole dell'uccello: "Bella Mara, tu ti sposerai con un giovane morto!".»

«Così è stato, madre. Vivo bene lì dove sto: cibo, bevande, tutto mi arriva già pronto. A sera inoltrata torna mio marito dal lavoro e all'alba se ne va, ma non so che uomo è né qual è il suo aspetto.»

«Cara figlia, non è difficile saper ciò. Ecco, al tuo ritorno prendi tre candele e a mezzanotte, quando tuo marito dorme, accendile, così potrai vederlo.»

Trascorsi i due giorni, giunsero i compagni del marito per ricondurla a casa. La bella Mara portò con sé tre candele e arrivata alla sua dimora trovò, come al solito, tutto pronto, pranzo e cena.

Quando scese la sera, giunse il marito che si coricò e si addormentò subito.

A Mara venne il desiderio di vedere quale fosse il suo aspetto. A mezzanotte accese una candela e, appena vide il suo uomo, si rallegrò nel vederlo così bello.

Accese la seconda candela e di nuovo fu estasiata dalla bellezza dello sposo.

Accese anche la terza candela per poterlo guardare più a lungo, ma da essa sgocciolò un po' di cera sul volto del marito che improvvisamente si svegliò:

«Oh? Mara, perché non mi hai ascoltato? Ecco, ora non potrai più vedermi!»

E subito scomparve.

Il giorno dopo e l'altro ancora la Bella Mara aspettò la sera, ma suo marito non tornò. Passò un mese intero e due e tre, ma di lui non si sapeva più nulla. Ogni tanto venivano i compagni del marito a chiederle se avesse bisogno di qualcosa, ma ella li supplicava sempre con le stesse parole:

«Vi prego, portatemi delle scarpe di ferro e un bastone di ferro.»

Essi l'accontentarono. Così Mara con scarpe e bastone di ferro cominciò il suo viaggio e attraversò per lungo tempo fiumi e colline, cercò anche nelle grotte, ma in nessun luogo potette trovarlo.

Una sera, mentre stava trascorrendo la notte in una caverna, mise al mondo un figlioletto. Guardandolo, si accorse che assomigliava moltissimo al padre. Il giorno seguente lo avvolse in fasce e con lui riprese il viaggio.

Giunse ad una fontana con due zampilli. Dal primo scorreva latte, dal secondo miele. La fontana apparteneva alle tre sorelle del marito di Mara. Al mattino veniva alla fonte la sorella maggiore, a mezzogiorno la mediana, la sera la più giovane.

La Bella Mara non sapeva tutto ciò, ella sedette presso la fontana per riposarsi e allattare il bambino.

Quel mattino venne la sorella maggiore e Mara le disse:

«Cara sorella, dammi da bere un po'. Se non hai pietà di me, fallo almeno per questo maschietto che porto in braccio.»

La donna non la degnò di uno sguardo né le diede da

è possibile comprendere razionalmente il mondo dell'al di là. Chi cerca in ogni modo di penetrare i misteri dell'altra dimensione, ne resterà sconfitto, diverrà pesante tanto da

bere. Attinse un po' di latte e miele e se ne andò.

A mezzogiorno arrivò la sorella mediana. Anche a lei la Bella Mara disse:

«Cara sorella, ho fatto un lungo viaggio e se non hai pietà di me, fallo almeno per questo bambino. La bocca mi brucia, dammi da bere!»

Neanche la seconda la guardò, attinse alla fontana e se ne andò.

A sera arrivò la più giovane e Mara la supplicò:

«Cara sorellina, al mattino e al mezzogiorno sono venute qui due donne che ti assomigliavano ma non mi hanno dato da bere, ti prego non per me, ma per questo piccolo, dammi qualcosa per inumidirmi le labbra.»

La fanciulla attinse alla fontana e le diede da bere, ma quando guardò solo un po' il bambino, le sembrò proprio di vedere suo fratello. Poi prese latte e miele e ritornò a casa. A sera tutti si riunirono per la cena e il fratello, rivolto alla sorella minore, disse:

«Perché non vuoi cenare? Sei malata o adirata?»

«Fratello, non sono né ammalata né adirata. Presso la nostra fontana siede una poveretta con un bambino in braccio, porta ai piedi scarpe di ferro e si appoggia ad un bastone di ferro. Il suo piccolo, caro figlio, è tale e quale a te. Se non l'inviteremo alla nostra mensa, io non mi siederò.»

Allora il fratello raccontò che quella donna era sua moglie:

«Ella mi aveva dato la parola, ma non l'ha mantenuta, perciò io sono scomparso e sono venuto da voi. Mia moglie ha dovuto calzare scarpe di ferro e portare in mano un bastone di ferro, ma ora vedo che ha scontato la sua colpa. Andate, conducetela qui e incominceremo la vita da capo.»

Le tre sorelle andarono alla fontana, condussero a casa la donna e il bambino, così tutti vissero sino alla fine dei loro giorni.

restare attaccato alla terra.

protagonista una donna

punto 5

Cenerentola

Alcune fanciulle, sorvegliando il bestiame, filavano vicino ad una buca profonda, quando si avvicinò loro un vecchio con la barba bianca lunga fino alla cintura, dicendo:

«Ragazze, state lontane dal fosso, perché nell'istante in cui qualcuna di voi vi farà cadere dentro il fuso, la madre di costei si trasformerà in una mucca.»

Detto questo il vecchio se ne andò e le fanciulle, incuriosite dalle sue parole, si avvicinarono ancor di più al fosso per guardarvi e riguardarvi dentro, finché alla più bella di loro sfuggì il fuso dalle mani e cadde nella buca. Quando la ragazza a sera tornò a casa vide la madre trasformata in mucca. Così ella, con le altre bestie, portò al pascolo anche sua madre.

Dopo un po' di tempo il padre della ragazza si risposò con una vedova che aveva già una figlia. La matrigna subito cominciò ad odiare la pastorella, specialmente perché era molto più bella di sua figlia: le vietava di lavarsi, di pettinarsi, di cambiar vestito e cercava ogni scusa per rimproverarla e maltrattarla. Una mattina le dette un sacco pieno di canapa e le disse:

«Se oggi non finirai di filare e non avvolgerai in un gomitolo tutta questa canapa, non ritornare a casa perché ti ucciderò.»

La povera ragazza, mentre sorvegliava il bestiame, filò quanto potette, ma quando a mezzogiorno le bestie si sdraiarono all'ombra, vedendo che la canapa filata era pochissima, cominciò a piangere. La mucca, che era sua madre, vedendola così disperata, le chiese cosa fosse successo ed ella raccontò tutto per filo e per segno. Allora la madre la consolò dicendo che non doveva preoccuparsi di nulla:

«Io prenderò la canapa in bocca, la masticherò e poi il filo uscirà dal mio orecchio, così tu l'avvolgerai in gomitolo.»

Così fecero: la mucca prese la canapa in bocca, la masticò, poi la ragazza tirò fuori il filo dall'orecchio e lo avvolse, e subito il gomitolo fu pronto. Quando a sera la fanciulla consegnò il grosso gomitolo, la matrigna si stupì moltissimo e il giorno dopo le diede una quantità maggiore di canapa da filare, ma, anche questa volta la fanciulla la filò tutta, l'avvolse come il giorno prima e a sera portò il gomitolo pronto. Allora la matrigna sospettò che l'aiutassero le sue compagne. Il terzo giorno le consegnò ancora più canapa, ma segretamente, la fece seguire dalla figlia per sapere chi aiutava la ragazza a filare e raggomitolare. La sorellastra, dopo aver visto che la mucca prendeva e filava la canapa e la pastorella la tirava fuori dall'orecchio dell'animale e l'avvolgeva, ritornò a casa e raccontò tutto alla mamma. Allora la matrigna insistette perché il marito uccidesse la mucca; in un primo tempo egli si rifiutò, ma alla fine, vedendo che la moglie non lo lasciava più in pace, le promise di scannare un giorno l'animale. Quando la pastorella seppe ciò cominciò a piangere e, allorché la mucca le domandò la ragione delle sue lacrime, ella raccontò tutto e la madre le disse:

«Non piangere, preoccupati solo di non mangiare la mia carne quando mi uccideranno, raccogli le mie ossa e seppelliscile dietro la casa sotto quella tale pietra. Quando sarai in pericolo, vieni sulla mia tomba e troverai l'aiuto che ti serve.»

E così scannarono la mucca, gli altri ne mangiarono la carne, ma la ragazza non volle neanche assaggiarla e si scusò dicendo che non aveva fame, poi raccolse tutte le ossa e le seppellì dove la mucca le aveva detto. La ragazza si chiamava Mara, ma da quel giorno, la matrigna e sua figlia la chiamarono Cenerentola perché stava sempre vicino al fuoco oltre a dover sbrigare tutte le faccende domestiche: portare l'acqua, preparare il cibo, lavare le stoviglie, scopare le stanze e tutto il resto.

Una domenica, la matrigna, mentre si preparava ad andare in chiesa con la figlia, sparse per tutta la casa un recipiente pieno di miglio poi disse alla pastorella:

«Cenerentola, se al nostro ritorno dalla chiesa non avrai raccolto tutto il miglio e non avrai preparato il pranzo, io ti ucciderò.»

Così se ne andarono e la fanciulla cominciò a piangere dicendo fra sé:

«Non è un problema per me preparare il pranzo, ma chi potrà raccogliere tutto il miglio!»

In quel momento si ricordò delle parole di sua madre: in caso si fosse trovata in difficoltà doveva recarsi sulla tomba di lei e lì avrebbe trovato aiuto. Corse subito in quel luogo e quando arrivò ecco cosa vide! Sulla tomba c'era un cassone aperto pieno di ogni specie di abiti preziosi e sul coperchio due colombi bianchi che le dissero:

«Mara, prendi dalla cassa gli abiti che vuoi, vestiti e va' in chiesa, noi raccoglieremo il miglio e metteremo tutto in ordine.»

Felice la fanciulla prese i vestiti di seta pura che si trovavano sopra tutti gli altri, si vestì e andò in chiesa. Quando arrivò tutti, donne e uomini, si meravigliarono della sua bellezza e del suo abbigliamento anche perché nessuno sapeva chi fosse né donde venisse. Particolarmente attratto dalla sua bellezza fu il figlio dell'imperatore che trovandosi lì non smise mai di guardarla. Quando si avvicinò la fine della funzione liturgica, la fanciulla sgattaiolò fuori dalla chiesa, corse a casa e, toltisi i vestiti, li mise nella cassa che da sola si chiuse e scomparve, poi corse verso il fuoco e si accorse che il miglio era stato tutto raccolto e il pranzo già preparato. Tornate dalla chiesa, la matrigna e la figlia furono sorprese nel vedere che tutto era pronto e che il miglio era stato raccolto tutto.

La domenica seguente, la matrigna e la figlia si prepararono per andare di nuovo a messa, ma prima di uscire sparsero per la casa molto più miglio della volta precedente, poi la matrigna si rivolse alla pastorella e disse:

«Se al nostro ritorno non avrai raccolto tutto il miglio, non avrai preparato il pranzo e messo in ordine tutto, io ti ucciderò.»

Così le due donne se ne andarono e subito Cenerentola corse alla tomba materna. Quando fu lì trovò la cassa ancora aperta e sul coperchio due bianchi colombi che le dissero:

«Vestiti, Mara, va' in chiesa, noi raccoglieremo il miglio e metteremo tutto in ordine.»

Allora ella prese dalla cassa gli abiti d'argento puro, si vestì e andò in chiesa. Nel vederla tutti si meravigliarono ancor più della prima volta e il figlio dell'imperatore non distolse gli occhi da lei, ma verso la fine della funzione liturgica, la fanciulla sgattaiolò in mezzo alla gente e scappò a casa dove si svestì in fretta, depose i vestiti nel cassone e andò vicino al fuoco. Quando madre e figlia tornarono dalla chiesa furono sorprese, molto più della prima volta, nel vedere il miglio completamente raccolto e il resto tutto in ordine.

Anche la terza domenica madre e figlia si prepararono per andare in chiesa e la matrigna sparse ancor più miglio per la casa poi disse alla pastorella come le altre volte:

«Se al nostro ritorno non avrai raccolto tutto il miglio, non avrai preparato il pranzo e messo tutto il resto in ordine, io ti ucciderò!»

Quando le due donne se ne andarono, la pastorella

subito corse alla tomba materna dove trovò di nuovo la cassa aperta e sul coperchio due bianchi colombi che la invitarono a vestirsi e ad andare in chiesa senza preoccuparsi della casa. Allora ella prese dalla cassa gli abiti tutti di oro zecchino, si vestì e se ne andò in chiesa. Nel vederla tutti si meravigliarono moltissimo, mentre il figlio dell'imperatore cercava di escogitare il sistema migliore per evitare che la fanciulla lo abbandonasse come le altre volte; poi decise di seguirla per vedere dove andasse. Verso la fine della funzione liturgica Cenerentola se ne scappò ma il principe la seguì. Ella, facendosi largo fra la gente perse, fuggendo, la scarpetta del piede destro e non avendo tempo per trovarla, continuò a correre scalza, ma il principe raccolse la scarpetta. Giunta a casa si svestì, depose gli abiti nella cassa e subito andò presso il fuoco come sempre.

Il figlio dell'imperatore la cercò per tutto il suo impero provando la scarpetta al piede di ogni ragazza, ma a chi era corta, a chi lunga, a chi stretta e a chi larga, insomma non andava bene a nessuna. E così andando di casa in casa, giunse a quella del padre di Mara. Quando la matrigna seppe che il figlio dell'imperatore veniva nella sua casa per cercare la fanciulla scomparsa, nascose Cenerentola nel cortile sotto l'abbeveratoio. Quando arrivò il principe con la scarpetta e domandò se vi fosse in quella casa una ragazza, la perfida donna gli presentò sua figlia. Il giovane le provò la scarpa, ma in questa non entrava neanche un dito del suo piede. Allora egli domandò se vi fosse in casa un'altra fanciulla, ma gli fu risposto subito di no. In quel momento il gallo saltò sull'abbeveratoio e cantò:

«Chicchiricchì, eccola sotto l'abbeveratoio!»

La matrigna gridò:

«Che l'aquila ti pigli!»

Allora il principe corse verso l'abbeveratoio, lo sollevò

e vide sotto di esso la stessa fanciulla che aveva visto in chiesa con gli stessi abiti che aveva indossato la terza volta, soltanto le mancava la scarpetta al piede destro. Quando la vide, egli quasi perse i sensi per la gioia, poi in fretta le infilò la scarpetta e, dopo aver constatato che non solo le andava bene, ma era uguale a quella che calzava al piede sinistro, portò la bella Mara con sé al palazzo imperiale e la sposò.

La fanciulla più veloce del cavallo

C'era una volta una fanciulla che non era nata da padre e da madre, ma l'avevano fatta le fate con la neve presa dalla voragine illuminata dal sole del mattino, il vento la rinvigoriva, la rugiada la nutriva, era vestita con il fogliame dei boschi di montagna e adornata e abbellita dai fiori dei prati. Ella era bianca come la neve, vellutata come un bocciolo di rosa, splendente come il sole, al mondo non era mai nata una creatura così bella, né mai nascerà.

La fanciulla sparse la voce per il mondo che in un dato giorno e in un dato luogo ci sarebbe stata una corsa e che il giovane che sarebbe arrivato primo l'avrebbe avuta in moglie. In breve tempo la notizia si diffuse dovunque e migliaia di pretendenti, uno più valido dell'altro, si radunarono a cavallo per partecipare alla gara. Fra questi vi era anche il figlio dell'imperatore. Tutti i contendenti sfilarono a cavallo davanti alla ragazza che, in piedi fra di loro, disse a tutti:

«In un luogo preciso ho messo una mela d'oro, chi per primo arriverà e la prenderà sarà mio sposo, ma se giungerò per prima io e prenderò la mela, sappiate bene che morirete tutti all'istante, perciò state ben attenti a quello che fate.»

Tutti i cavalieri si guardarono fra di loro un momento ed ognuno, certo di ricevere in moglie la fanciulla, pensava fra sé:

«Certamente ella a piedi non potrà superarci perciò qualcuno di noi vincerà, ma chi sarà? Dio e la fortuna oggi aiuteranno costui.»

Così, quando la fanciulla batté le mani, tutti insieme cominciarono a correre. Quando furono a metà strada ella precedeva di gran lunga tutti perché aveva due piccole ali sotto le ascelle. Vedendo questo i partecipanti, adirati, frustarono e spronarono i cavalli e raggiunsero la ragazza. Accortasi di ciò ella si strappò un capello dalla testa, lo buttò via e, in quello stesso istante, s'innalzò una mostruosa montagna davanti ai concorrenti che non seppero più cosa fare, né dove andare, così la fanciulla li superò ancora una volta ed essi di nuovo spronarono i cavalli e la raggiunsero. Quando la ragazza si accorse di essere alle strette, lasciò cadere una lacrima e subito rumoreggiò un terribile fiume che per poco non li travolse tutti. Così dietro alla fanciulla non rimase più nessuno, solo il figlio dell'imperatore. Egli a cavallo attraversò le acque, ma quando vide che la ragazza si allontanava sempre più, gridò tre volte in nome di Dio di fermarsi, ed ella subito ubbidì. Allora egli l'afferrò, la mise dietro di sé sul cavallo, guadò il fiume e giunse alla terra ferma. Poi si mise in cammino verso il suo palazzo fra i monti, ma, giunto su un'altissima montagna, si voltò indietro e si accorse che la fanciulla non c'era più.

La donna cattiva

Un uomo, camminando con la moglie, vide un campo e disse:

«Oh, moglie, com'è bello questo campo falciato!»

E la donna:

«Ma come puoi pensare che è falciato, non vedi il campo? È tagliato, non falciato!»

E il marito ancora:

«Perbacco, donna, ma come si può tagliare un campo? Questo è falciato, non vedi l'erba com'è?»

E così cominciarono a litigare finché l'uomo colpì la moglie e gridando la fece tacere; ma la donna incrociando davanti agli occhi del marito due dita come se fossero delle forbici faceva finta di tagliare e gridava:

«Tagliato, tagliato, tagliato!»

Così facendo camminava sul sentiero non guardando davanti a sé, perciò non vide una buca che era coperta dall'erba falciata e vi cadde dentro. Quando l'uomo si accorse di ciò che era accaduto si avvicinò alla buca e disse:

«Ben ti sta!»

Poi se ne andò per la sua strada. Dopo un po' di giorni l'uomo cominciò a dispiacersi e diceva fra sé:

«Se è ancora viva la tirerò fuori! È vero, è una donna malvagia, ma col tempo potrà cambiare!»

Prese una corda e si recò sull'orlo della fossa per tirar fuori la moglie. Calò giù la corda incitando la donna ad afferrarla. Quando si accorse che la fune era ben tesa cominciò a tirarla su e alla fine ecco cosa vide: al posto della moglie era aggrappato un diavolo da una parte bianco come una pecora e dall'altra nero come tutti i diavoli. L'uomo s'impaurì e stava per lasciare la corda, ma il diavolo gridò:

«Mantienila, se mi sei fratello! Tirami fuori, poi se non mi vuoi donare la vita, uccidimi, ma per ora liberami.»

L'uomo ebbe pietà di lui e lo tirò fuori. Subito Satana gli domandò come mai si trovasse lì e che cosa cercasse nella buca; e quando l'uomo raccontò che alcuni giorni prima era caduta dentro sua moglie e che era ritornato per liberarla, il diavolo gridò:

«Ahimè! fratello, solo Dio sa chi è tua moglie! Come potevi vivere con lei! E tu sei ritornato per liberarla! Io sono caduto in questa buca tanto tempo fa; all'inizio è stato terribile, poi mi sono abituato. Ma quando è arrivata quella maledetta donna, ancora un po' di giorni e sarei crepato per la sua malvagità: mi buttava sempre in fondo e vedi come si è imbiancata questa parte, tutto per la sua cattiveria! Continua il tuo viaggio e lasciala lì dov'è, io ti premierò perché mi hai liberato.»

Poi strappò dalla terra un filo d'erba e glielo diede dicendo:

«Eccoti quest'erba, te la lascio; io ora vado, entrerò nel corpo della figlia di un imperatore, da ogni parte verranno dottori, sacerdoti e monaci per guarirla e scacciarmi da lei, ma io non la lascerò finché non sarai arrivato tu: ti presenterai come un medico giunto per guarire la fanciulla, tu la sfiorerai soltanto con quest'erba profumata ed io subito uscirò da lei e così l'imperatore ti darà in sposa sua figlia e tu governerai con lui.»

L'uomo prese l'erba, se la mise nella borsa, salutò il diavolo e se ne andò.

Dopo un po' di giorni si sparse la voce che la figlia dell'imperatore era malata: il diavolo la possedeva. Giunsero da tutto l'impero dottori, sacerdoti e monaci, ma non potettero fare nulla. Allora l'uomo appese al collo la borsa contenente l'erba, prese un bastone e si avviò a piedi al palazzo. Quando si avvicinò agli appartamenti dove giaceva ammalata la figlia dell'imperatore, vide dottori e dottoresse; sacerdoti, monaci e vescovi che pregavano, ungevano con olio la fanciulla, vegliavano e invitavano il diavolo ad andarsene, ma Satana gridava e si prendeva beffa di loro. Quando l'uomo giunse con la sua borsa non volevano farlo entrare, ma egli si presentò all'imperatrice dicendo di essere un medico che possedeva un'erba che avrebbe scacciato qualsiasi diavolo. Ella, come una mamma qualunque, subito accettò e condusse l'uomo nella stanza della figlia.

Appena il diavolo si accorse di lui gli disse:

«Sei tu, fratello?»

«Sì, sono io.»

«Va bene, fa' quello che ti ho detto ed io me ne andrò, però non venirmi più dietro, perché se lo farai, sarà peggio per te.»

Così parlavano fra di loro, ma nessun altro li sentiva. L'uomo estrasse l'erba dalla borsa, sfiorò con essa la fanciulla che, liberata dal diavolo, ritornò sana come prima. Tutti i dottori e i sacerdoti presenti se ne andarono delusi e amareggiati mentre l'imperatore e l'imperatrice abbracciavano l'uomo come se fosse un loro figlio, poi lo condussero nella sala del tesoro, gli cambiarono tutti gli abiti, gli diedero in moglie la figlia e gli donarono la metà del loro impero.

Dopo un po' di tempo sempre lo stesso diavolo s'impossessò della figlia di un altro grande imperatore. Dovunque andarono per cercare le medicine, ma tutto fu inutile, allora si ricordarono che la figlia dell'imperatore loro vicino, era stata guarita da un certo medico che l'aveva poi sposata. Subito l'imperatore inviò una lettera al sovrano suo vicino e lo pregò di inviargli il medico che aveva guarito sua figlia, promettendo di dargli in cambio qualsiasi cosa. Ricevuta la lettera, il sovrano parlò al genero che, ricordandosi delle parole pronunciate dal diavolo, si rifiutò di andare, inventando la scusa che aveva ormai abbandonato la medicina e perciò non sapeva più come guarire la fanciulla.

Ma l'imperatore spedì una seconda lettera al suo vicino minacciando di inviare il suo esercito se non fosse subito arrivato il guaritore. Quando al sovrano giunsero tali notizie, egli fece capire al genero che non c'era nient'altro da fare e che doveva andare. Così egli si decise. Quando si trovò davanti alla fanciulla ammalata, il diavolo si meravigliò nel vederlo e gridò:

«Cosa fai tu qui, fratello! Non ti avevo detto di non seguirmi più?»

«Eh, fratello mio – disse il genero dell'imperatore – non sono venuto per scacciarti da questa fanciulla, ma ti ho cercato per domandarti cosa faremo ora: mia moglie è uscita dalla buca e va in cerca non di me, ma di te, perché fosti tu a non volere che la tirassi fuori.»

«Che cosa? Non può essere vero che tua moglie è nuovamente libera!» gridò il diavolo, che subito saltò fuori dalla figlia dell'imperatore e fuggì nel mare azzurro per non ritornare mai più fra gli uomini.

La madre che trasformò i nove figli in lupi

C'era una volta una povera vedova che aveva nove figli e una bimba ancora in fasce. La donna aveva grandi difficoltà per sfamare la prole. Con i soldi che raccoglieva elemosinando comprava il cibo per i figli senza mai pensare a sé. Un giorno, dopo aver preparato un po' di minestra per tutti, si allontanò per calmare la bimba che piangeva disperatamente nella culla. In quel mentre i nove fratelli, affamati come lupi divorarono tutto il cibo non lasciando nulla alla madre.

Quando ella vide con quale voracità mangiavano disse loro:

«Giacché divorate come lupi, diventerete veri lupi!»

Infatti i figli in quello stesso istante diventarono lupi e se ne andarono nel bosco.

Così la povera donna rimase sola con la bambina.

La piccola crebbe e quando ebbe quindici anni seppe dalla gente del villaggio di avere nove fratelli che erano scomparsi improvvisamente. La ragazzina, sentito ciò, non volle ripetere a nessuno quello che aveva saputo finché, un giorno, si decise di chiedere alla mamma se tutto ciò fosse la verità:

«Mamma, ho saputo dalla gente del paese che prima avevo nove fratelli che improvvisamente sono scomparsi. È questa la verità? E se è così, cosa ne è stato di loro?»

La mamma le rispose:

«Figlia mia cara, quello che la gente ti ha detto è la verità. Avevi nove fratelli e tutti e nove sono diventati lupi per mia volontà!»

Allora la figlia disse:

«Mamma, cuocetemi una pagnotta e preparatemi un barilotto di acqua, io andrò a cercarli!»

Le rispose la mamma:

«Figlia mia cara, ma dove andrai? Dove troverai i tuoi fratelli? Ho perduto loro e adesso perderò anche te, che sarà di me, poveretta?»

E la figlia ripeté:

«Mamma, io devo andare a trovarli. Vi prego, datemi ciò che vi ho chiesto!»

Così la mamma preparò una pagnotta e un barilotto d'acqua e la figlia se ne andò per il mondo. Una sera giunse in un bosco molto fitto dove vi era una casa in cui abitava una vecchietta. La ragazzina la pregò di ospitarla durante la notte perché aveva paura di dormire fuori nel bosco dove le belve avrebbero potuto divorarla.

La vecchietta le disse:

«Figlia mia cara, io di cuore ti accoglierei, ma qui fra poco arriveranno nove lupi per i quali stasera sto preparando qualcosa da mangiare, essi possono divorarti perché sono ghiotti di carne umana! Ma, anche se rimanessi fuori, essi, in ogni caso, ti troverebbero nel bosco. Vieni con me in soffitta, nasconditi bene così non ti vedranno. Ma ti prego prima dimmi in breve perché te ne vai in giro per il mondo e in questo bosco oscuro?»

La fanciulla le raccontò tutto.

Allora la vecchietta le disse:

«Ti prego, figlia cara, va' su in soffitta e nasconditi bene!»

Dopo un po' giunsero i nove lupi che, toltasi la pelle di lupo, diventarono dei ragazzi così belli che nessuno avrebbe potuto uguagliarli. Questo fu una fortuna per la sorella perché, così trasformati, non le avrebbero fatto nessun male. Quando la vecchietta vide ciò che era accaduto, tirò un sospiro di sollievo e disse:

«Grazie a Dio non faranno alcun male a quella poveretta!»

La vecchia diede da mangiare ai nove giovani poi

disse:

«Figli miei, non vi ho mai chiesto come siete arrivati fin qui, né di dove siete, né chi siete. Stanotte ho sognato qualcosa per cui ho deciso di farvi alcune domande. Ho sognato che voi avete ancora la madre e una sorella che va per il mondo perché possa trovarvi e salvarvi!»

Il fratello maggiore allora cominciò a raccontare tutto quello che era successo. Alla fine disse che, diventati lupi, se ne erano andati nel bosco lasciando a casa la vecchia madre e una sorellina che ora avrebbe avuto all'incirca quindici anni.

Allora la vecchia chiese loro:

«Vi piacerebbe rivedere vostra sorella?»

Essi risposero:

«Oh, cara vecchia madre, ci sembrerebbe di vedere Dio se la rincontrassimo.»

Allora la vecchia chiamò la ragazza che subito scese dalla soffitta. Ella aveva di lassù già ascoltato tutto. Vedendo i fratelli disse loro:

«Miei adorati fratelli, io sono la sorella che voi avete lasciato nella culla e ora vado in giro per il mondo spinta dal desiderio di aiutarvi. Ditemi cosa potrei fare per liberarvi?»

I nove fratelli la baciarono e il maggiore le disse:

«Tu puoi liberarci, ma con grandi sofferenze. Forse è meglio che neanche te lo diciamo in quale modo puoi aiutarci perché è così difficile che tu non ci riuscirai mai!»

Ma la sorella supplicò di dirglielo.

Allora il fratello maggiore disse:

«Se vorrai salvarci, dovrai tacere senza sosta per nove anni interi, non potrai pronunciare neanche una parola per tutto questo tempo.»

Ella promise che avrebbe taciuto anche più di nove anni. Essi poi la invitarono a non proferir parola anche se si fosse sposata e avesse dovuto sopportare grandi sofferenze perché questo sarebbe servito più tardi al bene di tutti. La ragazza cominciò subito a tacere, baciò i fratelli e se ne ritornò a casa dalla madre. Qui giunta la madre le chiese se avesse trovato i fratelli. Ella annuì soltanto con un cenno del capo.

La madre domandò ancora:

«Dove li hai trovati?»

Ella con il capo indicò il bosco.

E ancora la mamma domandò:

«Tu vorresti salvarli?»

Ed ella con il capo fece cenno di sì.

La mamma non le chiese più niente, capì che la figlia aveva promesso di non parlare e affidò alla ragazza una giovane mucca perché la portasse al pascolo.

Un giorno passò da quelle parti per la caccia il figlio del re che, vedendo la ragazza, se ne innamorò a prima vista. Le si avvicinò e le chiese se volesse diventare sua moglie. Con un cenno del capo ella acconsentì ed egli se la portò con sé al palazzo. Qui nessuno fu contento della scelta del principe, in modo particolare la madre; ma egli a tutte le obiezioni rispondeva:

«Anche se è muta questa è mia moglie e nessuno dovrà esserle ostile perché sono pronto anche a sacrificare la mia vita per lei.»

Ed infatti egli l'amava con tutto il cuore.

Ma un giorno egli partì per fare il militare. Durante questo periodo la fanciulla mise al mondo un bel bambino. Siccome la suocera era adirata con lei e voleva con tutti i mezzi renderla odiosa agli occhi del figlio, prese il piccolo e lo gettò dalla finestra nel lago. Ma, in quello stesso istante, giunse un lupo, afferrò il bambino e fuggì via con lui. La suocera intanto prese una cagnetta, la depose accanto alla mamma al posto del bambino e costrinse la nuora ad allattarla.

Dopo aver fatto ciò, la cattiva regina scrisse al figlio:

«Figlio mio, io ti ho sempre detto di mandar via la muta. Ella non è per te, tu non hai voluto ascoltarmi ed ora ti ha svergognato: ha partorito invece di un bimbo una cagnetta.»

Così sperava di rendergli odiosa la moglie perché si decidesse a ripudiarla. Ma il principe rispose alla lettera della mamma dicendo solo di nutrir bene quello che la sua donna aveva partorito e di difendere la fanciulla affinché nessuno potesse farle del male.

Dopo un po' di tempo il principe tornò dal servizio militare. Non si lamentò di nulla con la moglie e ricominciò a vivere felicemente con lei. Ma, dopo breve tempo, dovette ritornare sotto le armi e la moglie partorì nuovamente un bel bambino che la suocera sottrasse alla madre per gettarlo dalla finestra nel lago. Ma anche questa volta giunse un lupo che lo afferrò e se lo portò via con sé. Allora la cattiva regina mise al posto del bambino una cagnetta e invitò la mamma ad allattarla. Poi scrisse al figlio la notizia e il principe le rispose come la prima volta. Quando tornò a casa non si lamentò di nulla con la moglie anzi l'amò ancora più di prima. Ma il principe dovette andare per la terza volta sotto le armi e anche questa volta la fanciulla mise al mondo un bel maschietto che la suocera buttò dalla finestra nel lago, poi la cattiva regina prese una cagnetta e la portò alla madre perché l'allattasse. Allora ella si adirò ancor di più con il figlio perché aveva sposato quella donna che lo aveva svergognato davanti a tutta la gente dando per tre volte alla luce una cagnetta invece di un bambino. Scrisse poi una lettera in cui coprì la nuora di ogni sorta di ingiurie e bestemmie e comandò al figlio di cacciarla per sempre. Questa volta il principe rispose di attendere il suo ritorno, perché voleva egli stesso accertarsi di tutto.

Egli arrivò proprio mentre la moglie allattava la

cagnetta. Subito si allontanò da lei e, poiché la mamma lo torturava continuamente, decise di far impiccare la ragazza.

Il giorno dopo, infatti, la condussero alla forca e il marito l'accompagnava. Ella piangeva tanto amaramente che anche un albero avrebbe avuto compassione di lei. Le lacrime le scendevano giù a catinelle e il marito con un fazzoletto gliele asciugava. Ma, quando giunsero presso la forca, mentre stavano per impiccarla, arrivarono al galoppo nove giovani su nove cavalli bianchi e fecero segno coi fazzoletti di aspettare ancora un po' prima dell'impiccagione. Tutti guardarono i nove cavalieri e l'esecuzione fu sospesa. Essi non erano altro che i nove fratelli della ragazza, belli come il sole ardente. Avvicinatisi alla sorella le dissero:

«Puoi parlare, sorella! Oggi scadono i nove anni, perché taci ancora? Ormai ci hai salvati!»

Ella prese i suoi bambini che i fratelli avevano salvato, ma non parlò se non quando tutti e nove i giovani le confermarono che poteva farlo liberamente. Appena potette ella raccontò tutto quello che era successo e consegnò al marito i bambini che la suocera aveva gettato dalla finestra e sostituito con le cagnette che la povera ragazza aveva dovuto allattare. Quando sentì ciò il principe fece chiamare la madre per assistere all'impiccagione della nuora ed ella, che non aspettava altro che questo, arrivò in un baleno. Qui giunta il figlio le presentò le prove di tutto il male che aveva fatto alla moglie ed ella, vedendo che tutti i suoi misfatti erano stati scoperti, chiese al figlio di perdonarla. Egli le concesse il perdono, perché non si può non scusare una madre, ma non volle più vivere con lei nello stesso palazzo. Si trasferì in un'altra dimora dove visse a lungo felice con la moglie e i figli.

FABBRI

La torre né in cielo né in terra

C'era un re che aveva tre figli e una figlia che amava più degli occhi suoi e che custodiva tanto gelosamente da non lasciarla mai uscire dalla reggia. Diventata ormai una fanciulla, una sera chiese al padre il permesso di uscire a passeggiare con i fratelli davanti al castello e il padre acconsentì. Ma appena varcò la soglia, improvvisamente scese dal cielo un drago volante che ghermì la ragazza e la portò con sé sulle nuvole.

I fratelli si precipitarono dal padre per raccontargli l'accaduto e comunicargli che sarebbero andati loro a cercare la sorella. Il padre accettò e diede ad ognuno un cavallo e ciò che serviva per il viaggio. E così i tre fratelli partirono.

Cavalcarono a lungo e per caso s'imbatterono in una torre che non era né in cielo né in terra. Subito pensarono che lì forse poteva trovarsi la sorella e cercarono insieme il modo per salire sin lassù. Dopo molti ripensamenti e discussioni decisero che uno di loro avrebbe ucciso il suo cavallo per ricavarne dalla pelle una cinghia che, legata per un capo ad una freccia, sarebbe stata poi lanciata con l'arco dal basso sulla torre offrendo così un robusto sostegno per salire sin lassù.

I fratelli più giovani pregarono il maggiore di ammazzare il suo cavallo, ma egli si rifiutò come anche il mediano, allora il minore uccise il suo e dalla pelle ricavò un laccio che legò per un capo alla freccia che fu lanciata con l'arco dal basso verso la torre.

Quando venne il momento di salire i due fratelli maggiori si rifiutarono ancora una volta e così tentò il più giovane.

Arrivato sopra, andò di stanza in stanza finché in una trovò la sorella che sedeva e un drago che dormiva con la testa poggiata sul grembo di lei.

Quando la fanciulla vide il fratello si preoccupò per lui e lo supplicò di fuggire mentre il drago dormiva, ma egli non volle e, presa una clava, colpì alla testa il drago che nel sonno, toccandosi lì proprio dove era stato bastonato, disse alla ragazza:

«Proprio qui qualcosa mi punge.»

Appena disse ciò il principe lo colpì ancora una volta alla testa e il drago ripeté:

«Di nuovo qui qualcosa mi punge.»

Quando il principe stava per colpirlo la terza volta, la sorella gli indicò il punto preciso a cui doveva mirare; infatti, dopo il colpo il drago rimase stecchito, la ragazza lo lasciò cadere dal suo grembo e corse dal fratello per baciarlo e poi, prendendolo per mano lo condusse in tutte le stanze.

Nella prima stanza c'era un cavallo nero con tutti i finimenti d'argento puro. Nella seconda stanza vicino al fieno c'era un cavallo bianco con i finimenti d'oro zecchino. Nella terza stanza, vicino al fieno c'era un cavallo lionato con i finimenti adorni di pietre preziose.

La sorella condusse poi il fratello in una stanza dove c'era una fanciulla che, seduta dietro un telaio d'oro ricamava con un filo d'oro. Passarono poi in un'altra stanza in cui c'era una fanciulla che filava, uno dopo l'altro, tanti fili tutti d'oro; infine lo portò in una stanza in cui una terza fanciulla infilava delle perle e, davanti a lei, una chioccia d'oro con i pulcini beccava le perle in una padella d'oro.

Dopo aver visto tutto questo la ragazza ritornò nella stanza dove il drago giaceva morto a terra, lo portò fuori e lo buttò giù dalla torre e quando i fratelli che aspettavano giù se lo videro piombare davanti, mancò poco che non venisse loro la febbre.

Più tardi il fratello minore fece scendere dalla torre prima la sorella, poi, una dopo l'altra le tre fanciulle ognuna con il suo lavoro. Consegnandole ai fratelli egli aveva già deciso a chi darle in moglie riservando per sé la terza ragazza con la chioccia e i pulcini. I fratelli, invidiosi del fatto che egli era stato coraggioso ed aveva trovato e liberato la sorella, tagliarono la cinghia in modo che egli non potesse più scendere, poi, trovato in campagna un pastore vicino al suo gregge, lo travestirono e lo portarono dal padre al posto del fratello e severamente proibirono alla sorella e alle altre fanciulle di raccontare a qualcuno quello che era successo.

Dopo un po' di tempo al giovane che si trovava sulla torre giunse la notizia che i fratelli e il pastore si sarebbero sposati con le ragazze. Il giorno stesso delle nozze del maggiore il giovane principe montò il cavallo nero e, proprio quando gli invitati uscivano dalla chiesa, piombò improvvisamente fra di loro e colpì leggermente con una clava lo sposo sulle spalle, causando la sua caduta da cavallo. Poi ritornò velocemente alla torre.

Quando seppe che anche l'altro fratello si sposava, il giovane giunse quasi volando sul suo cavallo bianco proprio quando gli invitati uscivano dalla chiesa, toccò appena il fratello che subito cadde da cavallo, poi si dileguò.

Infine, avendo saputo che il pastore avrebbe sposato la fanciulla da lui prescelta, montò il cavallo lionato e, veloce come il vento, giunse proprio quando gli invitati uscivano dalla chiesa e colpì alla testa lo sposo che cadde morto all'istante.

Gli invitati corsero per prenderlo ed egli non cercò di fuggire, ma rimase lì fermo in mezzo a loro per dimostrare che il figlio più giovane dell'imperatore era lui e non quel pastore, e che i fratelli per invidia l'avevano abbandonato nella torre in cui aveva trovato la sorella e ucciso il drago. Tutto questo fu confermato anche dalla sorella e dalle altre fanciulle.

Quando l'imperatore sentì tutto ciò rimproverò aspramente i due fratelli maggiori e li scacciò dal suo palazzo, mentre lasciò che il più giovane sposasse la fanciulla da lui prescelta e lo elesse anche suo successore al trono.

FABBRI

Il sogno di Celo

Un pover uomo aveva un figlio che si chiamava Celo. Una mattina Celo disse che aveva fatto un sogno, ma, quando i genitori gli chiesero che cosa avesse sognato, egli non volle dir loro nulla. Essi lo pregarono più volte, ma Celo rimase fermo nel suo rifiuto. Alla fine i genitori, adirati per la sua caparbietà, lo picchiarono e lo cacciarono via di casa.

Così Celo passò di città in città, di villaggio in villaggio e dovunque tutti gli chiedevano perché si fosse allontanato dai genitori, quando egli lo spiegava, tutti lo sgridavano e lo cacciavano via.

Un giorno Celo giunse ad Istambul. Qui fu condotto in tribunale per spiegare perché se ne andasse per il mondo senza lavorare. Gli fu chiesto anche perché fosse fuggito dalla sua casa e, quando raccontò di non aver voluto rivelare ai genitori il suo sogno, i giudici tentarono in tutti i modi di sapere di che si trattasse, ma invano: Celo anche questa volta, si rifiutò di parlare.

La notizia di questo fatto giunse anche all'imperatore che chiamò subito il giovane perché gli svelasse il sogno, ma Celo non si lasciò convincere neanche dall'imperatore in persona. Allora il sovrano lo buttò in prigione.

In quel tempo c'era fra i governanti l'abitudine di proporre l'un l'altro importanti quesiti: se colui a cui era posta la domanda indovinava, otteneva in dono alcune città, in caso contrario perdeva la scommessa.

Ecco che al palazzo imperiale di Istambul arrivarono tre scatoline spedite da un certo re. Se l'imperatore ne avesse indovinato il contenuto, avrebbe ricevuto da quel re tre città, in caso contrario avrebbe dovuto cedere al re tre città del suo impero.

Allora il sovrano chiamò tutta la gente di Istambul

per cercare di indovinare cosa vi fosse nelle scatoline.

Nessuno poté dire con sicurezza quale fosse il contenuto delle scatoline.

Allora l'imperatore, ricordatosi che in prigione vi era Celo, lo mandò a chiamare perché gli risolvesse l'enigma.

Quando Celo vide le scatoline, subito disse:

«In questa vi è una perla non bucata, in quest'altra una perla bucata e nell'ultima la metà di una perla.»

Quando le scatoline furono aperte tutto era proprio come Celo aveva detto. Da quel momento il sovrano amò molto il giovane, gli regalò le tre città ricevute in dono e gli diede in moglie sua figlia.

Passò un po' di tempo e l'imperatore spedì al re un bastone invitandolo ad indovinare quale fosse la parte superiore di esso. Siccome il bastone era identico da ambedue le parti il re non seppe risolvere il dilemma. Allora fu chiamato ancora una volta Celo. Quando il giovane seppe il perché della sua chiamata disse al re di buttare in alto il bastone: la parte superiore, essendo più pesante dell'altra, avrebbe urtato per prima a terra. Per la sua arguzia Celo piacque molto al re che gli diede in moglie sua figlia.

Così Celo cominciò a vivere felicemente con due mogli.

Un giorno Celo si fece le abluzioni e la figlia dell'imperatore stava alla sua destra e gli versava l'acqua sulle mani, mentre la figlia del re, alla sua sinistra, manteneva l'asciugamano.

Così durante tale rito Celo guardava le sue donne e sorrideva beato.

La figlia dell'imperatore si accorse di ciò e chiese al marito perché sorridesse.

Celo rispose:

«Mi viene in mente il mio sogno.»

«Ho, là, là, qual è il tuo sogno?» domandò la figlia del re.

«Nessuno me lo aveva mai chiesto così gentilmente, perciò non ho voluto rivelarlo, ma a te, che me lo domandi con quel dolce oh, là, là, lo rivelerò. Sognai uno strano essere, metà uomo e metà toro, dalla voce delicata come quella di una tenera fanciulla, che comandava al mare e al sole, alla luna e alle stelle, all'erba e agli uccelli. Quello strano essere mi fissò negli occhi dicendomi: "Quando sarai sveglio, non dirai a nessuno di questo sogno. Se riuscirai a non dirlo, sarai ricco e sposerai la figlia del re e la figlia dell'imperatore. Solo quando le tue due mogli ti aiuteranno nelle abluzioni, potrai parlare. Ma ricorda: se confesserai a qualcuno questo sogno, resterai povero per tutta la vita".»

Le due donne lo guardarono compiaciute: il loro sposo era riuscito a mantenere il segreto, tenere per sé un sogno era una delle prove più difficili da superare.

Celo la fortuna se l'era proprio meritata.

L'imperatore Trojan dalle orecchie di capra

C'era una volta un imperatore che si chiamava Trojan. Egli aveva le orecchie di capra e chiamava a turno i barbieri perché lo radessero; ma chi andava da lui non faceva più ritorno. Infatti quando il sovrano chiedeva al barbiere di turno che cosa notasse di strano in lui e il malcapitato rispondeva di vedere due orecchie di capra, l'imperatore Trojan subito lo uccideva.

Giunse così il turno di un certo barbiere, ma egli, fingendosi ammalato, mandò il suo garzone. Quando egli fu davanti all'imperatore giustificò l'assenza del padrone dicendo che era ammalato. Allora il sovrano si sedette e il ragazzo cominciò a sbarbarlo. Facendo ciò si accorse delle orecchie caprine, ma quando l'imperatore gli chiese cosa vedesse di strano in lui, egli rispose che non notava proprio nulla. Allora il sovrano gli dette dodici ducati e gli disse che, d'ora in avanti, sarebbe stato sempre lui a raderlo. Il garzone tornò a casa e il barbiere gli domandò come stesse l'imperatore. Egli rispose che il sovrano stava bene, che gli aveva affidato il compito di raderlo ogni mattina, poi mostrò i dodici ducati, ma non raccontò nulla delle orecchie di capra. Da quel giorno il ragazzo andò sempre dall'imperatore e ogni volta riceveva dodici ducati, ma non disse a nessuno che il sovrano aveva le orecchie di capra. Ma infine cominciò a tormentarsi perché non poteva rivelare a nessuno il suo segreto e tutto questo gli si leggeva sul volto. Il padrone se ne accorse e gli domandò che cosa lo tormentasse e dopo molte insistenze il garzone rispose che aveva qualcosa nel cuore che non poteva rivelare a nessuno, ma se avesse potuto parlare con qualcuno subito si sarebbe sentito meglio.

Allora il padrone gli disse:

«Se vuoi dillo a me, non lo ripeterò a nessuno, ma se non hai fiducia in me, va' dal sacerdote e sfogati con lui e se non vuoi dir nulla neanche a lui, va' in campagna lontano dalla città, scava una buca, infila la testa dentro e ripeti tre volte alla terra quello che sai, infine riempi di nuovo la buca.»

Il ragazzo scelse la terza soluzione: andò in campagna lontano dalla città, scavò una buca, vi ficcò dentro la testa e disse tre volte:

«L'imperatore Trojan ha le orecchie di capra!»

Poi riempì di terra la buca e così tranquillo se ne andò a casa.

Passò un po' di tempo e da quella buca germogliò un alberello di sambuco con tre verghe belle e diritte come candele. Alcuni pastori trovarono il sambuco, tagliarono una delle verghe per costruirsi uno zufolo, ma quando cominciarono a suonare, lo zufolo emise il ritornello:

«L'imperatore Trojan ha le orecchie di capra!»

Subito la notizia si diffuse per tutta la città e anche il sovrano sentì che i bambini cantavano:

«L'imperatore Trojan ha le orecchie di capra!»

Subito il sovrano chiamò il giovane barbiere e gli

domandò:

«Perché hai rivelato alla gente ciò che sai su di me?»

Ed egli poverino cercava di giustificarsi dicendo che non aveva parlato con nessuno, pur essendosi accorto delle orecchie di capra. Allora l'imperatore sfoderò la sciabola per ucciderlo e il ragazzo impaurito cominciò a raccontare tutto in ordine, che aveva confessato ciò che sapeva solo alla terra, che lì, proprio in quel luogo era cresciuto un sambuco con cui era stato costruito uno zufolo che aveva diffuso ovunque la notizia. Allora l'imperatore sedette nella carrozza con il ragazzo per recarsi sul posto ed accertarsi del fatto. Lì giunti trovarono solo una verga e l'imperatore ordinò al ragazzo di preparare con essa uno zufolo per sentire come suonasse. Appena cominciò a suonare lo zufolo ripeté il ritornello:

«L'imperatore Trojan ha le orecchie di capra!»

Il sovrano si convinse che nulla si può nascondere sulla terra, risparmiò la vita al ragazzo e concesse a turno a tutti i barbieri di venire a fargli la barba.

La volpe inganna il lupo

Un lupo e una volpe decisero di andare d'accordo per tutta la vita e di recarsi a caccia insieme. Dopo aver stabilito ciò il lupo disse:

«Sorella volpe, cosa faremo ora? Chi di noi due andrà a caccia e chi custodirà quello che abbiamo cacciato?»

La volpe furba, come se avesse trecento cervelli, disse:

«Il problema è di facile soluzione: tu sei più capace e più forte per la caccia, io sono più adatta a conservare la cacciagione, tu vai e portami tutto, non ti preoccupare.»

Così si misero d'accordo e il lupo andò in montagna. Errando di qua e di là, rubò alcuni capi di bestiame e li portò nella buca in cui la volpe avrebbe dovuto conservarli, quindi tornò in montagna per rubare altro bestiame, ma stavolta vagò per tutta la giornata senza trovar nulla. Intanto la volpe mangiò tutto ciò che il lupo aveva portato la prima volta. Quando il povero lupo giunse nella buca affamato e magro come uno spillo, cercò subito la volpe per spartire il bottino. Non c'era nessuna traccia di tutto quello che le aveva lasciato in custodia. Si arrabbiò e chiese alla volpe dove fosse la caccia, ma ella rispose:

«Un giorno mi appisolai e poi mi addormentai profondamente, qualcuno è entrato e ha rubato tutto. Se non credi alle mie parole, io giurerò sul Vangelo, ma è bene che anche tu presti giuramento perché neanche tu sei uno stinco di santo.»

Il lupo promise che avrebbe giurato e la volpe lo condusse presso la tagliola che i cacciatori avevano preparato per loro e gli disse:

«Ecco questo è il Vangelo, su di essa devi giurare che non sai nulla del bottino.»

Il lupo le rispose:

«È più giusto che giuri prima tu, poi lo farò io.»

Dopo alcuni attimi di esitazione, la volpe alzò una zampa e cominciò a spostarla lentamente sulla tagliola, attenta a non lasciarsi intrappolare e pronunciò il suo giuramento:

«Giuro su questo Vangelo che non ho divorato la caccia, possa questa tagliola afferrarmi se so qualcosa di questa faccenda.»

Toccò dopo al povero lupo, che non essendo al corrente di nulla, appoggiò una zampa sulla tagliola dicendo:

«Se so qualcosa del bottino questa tagliola possa afferrarmi!» e dopo poco kr, kr, cadde nella trappola. Il lupo cominciò a lamentarsi e a chiedere soccorso:

«Povero me, maledetto Vangelo!»

La volpe gli disse:

«Non te la prendere con il Vangelo, sei tu che sei colpevole ed hai bisogno del perdono di un prete.»

La volpe divorò anche la parte di caccia che il lupo aveva riservato per sé e se ne andò allegra e soddisfatta, mentre il povero lupo affamato rimase nella tagliola in attesa di un prete che potesse perdonarlo.

La fanciulla più scaltra dell'imperatore

Viveva in una grotta un pover'uomo che non aveva nulla al mondo, solo una figlia che era molto saggia e che andava dovunque a chiedere l'elemosina. Ella aveva insegnato al padre a fare l'accattone e a parlare saggiamente. Un giorno il pover'uomo incontrò un imperatore a cui chiese l'elemosina; il sovrano meravigliato gli domandò chi gli avesse insegnato a parlare con tanto senno. L'accattone rispose che era stata sua figlia. Il sovrano chiese ancora:

«E da chi ha imparato tua figlia?»

«Dio l'ha resa saggia, ma anche la nostra grande miseria.» rispose il povero.

Allora l'imperatore gli dette trenta uova e gli disse:

«Portale a tua figlia e dille che se da esse riuscirà a far venir fuori i pulcini io la premierò, in caso contrario vi lascerò nella miseria.»

Il povero ritornò alla grotta e raccontò tutto alla figlia.

Ella, accortasi che le uova erano cotte, disse al padre che si sarebbe interessata lei di tutto. Così egli andò a dormire e la ragazza, prese una pentola, vi mise dentro acqua e fagioli, poi la mise sul fuoco. Quando i fagioli furono ben cotti chiamò il padre, lo invitò a prendere l'aratro e i buoi per andare ad arare proprio vicino alla strada dove sarebbe passato l'imperatore, infine gli disse:

«Quando vedrai il sovrano, prendi un fagiolo cotto, seminalo e grida: "Su, buoi, Dio farà germogliare un fagiolo cotto!". Poi, se l'imperatore ti domanderà come è possibile che germogli un fagiolo cotto, tu gli risponderai: "Altissimo sovrano, così come possono venir fuori dei pulcini dalle uova cotte!"»

Il povero fece ciò che la figlia gli aveva detto e, allorché l'imperatore sentì l'astuta risposta dall'accattone, capì che tutto era stato preparato dalla scaltra fanciulla. Allora ordinò ai servi di prenderlo e di portarlo al palazzo. Qui porgendo al povero una matassa di lino gli disse:

«Prendila e con essa dovrai ottenere gomena, vela e tutto ciò che è necessario per una nave. Se non farai ciò, io ti farò uccidere.»

Il pover'uomo, impaurito, tornò a casa e raccontò tutto alla figlia.

Ella lo mandò a dormire promettendogli di sistemare tutto. Il giorno dopo, prese un piccolo pezzo di legno, svegliò il padre e gli disse:

«Prendi questo e portalo all'imperatore perché egli con esso prepari conocchia, fuso e sostegni e tutto il resto che mi serve per filare, dopo io farò quello che lui mi ha ordinato.»

Il povero accattone fece ciò che la figlia gli aveva detto e l'imperatore ancor più meravigliato di prima, cercava di escogitare qualcosa di molto difficile per mettere ancora una volta alla prova la ragazza.

Prese un piccolo bicchiere e disse al povero:

«Prendilo e portalo a tua figlia perché con esso possa prosciugare il mare in modo che diventi un grande campo.»

Il pover'uomo tremante portò il bicchierino alla figlia e le riferì quello che l'imperatore gli aveva detto. La ragazza rassicurò il padre che per l'indomani tutto sarebbe stato risolto. Al mattino chiamò il padre e dandogli un quarto di stoppa gli disse:

«Prendi questa stoppa, portala al sovrano perché con essa possa otturare tutte le sorgenti e tutti i laghi, poi io prosciugherò il mare.»

Il povero accattone fece come la figlia gli aveva detto e l'imperatore, ormai convinto che la fanciulla fosse molto più scaltra di lui, ordinò al padre di condurgliela al palazzo.

Qui giunta il sovrano le domandò:

«Indovina, ragazza, che cosa si può sentire lontanissimo?»

La fanciulla rispose:

«Altezza imperiale, è possibile sentire da molto lontano il tuono e la menzogna.»

Allora il sovrano, toccandosi la barba si rivolse ai presenti e chiese loro:

«Indovinate quanto vale la mia barba?»

Chi disse una cosa, chi un'altra, infine la fanciulla, poiché nessuno aveva indovinato, esclamò:

«La barba dell'imperatore vale quanto tre piogge estive.»

Il sovrano si meravigliò della saggezza della ragazza e le domandò se volesse diventare sua moglie.

Allora ella rispose:

«Altezza imperiale, sia come tu vuoi, solo ti prego scrivi di tuo pugno che, se in caso tu fossi adirato con me e mi volessi ripudiare io potrò portar via dal tuo palazzo quello che mi è più caro.»

L'imperatore l'accontentò e scrisse su di un foglio tutto quello che la fanciulla gli aveva chiesto. Dopo un po' di tempo infatti egli, adirato contro la moglie, le disse:

«Non ti voglio più come moglie, perciò devi abbandonare il palazzo.»

L'imperatrice gli rispose:

«Altezza imperiale, obbedirò alla vostra volontà, ma lasciatemi ancora dormire qui per una notte, poi me ne andrò.»

Il sovrano l'accontentò e l'imperatrice, durante la cena, preparò una bevanda con vino, acquavite e un'erba profumata e porgendola al marito disse:

«Bevi, allegramente, mio sovrano, domani ci separeremo e credimi sarò più felice di quando ti ho incontrato.»

L'imperatore si ubriacò e s'addormentò profondamente, allora l'imperatrice trasportò il marito nella carrozza e lo condusse nella sua povera casa di pietra. Quando il sovrano si svegliò nella grotta gridò:

«Chi mi ha condotto qui?»

E l'imperatrice rispose:

«Io sono stata.»

E l'imperatore le chiese:

«Ma perché hai fatto questo? Io ti ho già detto che non sei più mia moglie!»

Allora ella, tirando fuori l'importante foglio, disse:

«È vero, altezza imperiale, tu mi hai detto che non sono più tua moglie, ma guarda quello che hai scritto su questo foglio: quello che mi sarebbe stato più caro nella tua dimora io avrei potuto portarlo con me, in caso fossi andata via.»

L'imperatore, sentendo ciò, la baciò e poi ritornarono insieme al palazzo.

anche qui protagoniste une donne ...

Il bambino nella botte

Quando ero piccolo non ubbidivo mai ai miei genitori e non mi piaceva custodire il bestiame che essi mi affidavano per forza, perciò sedevo e piangevo. Ma una volta mi venne in mente di aizzare le mucche e queste subito fuggirono all'impazzata verso casa. Noi avevamo una piccola stalla molto stretta e davanti ad essa c'era un alveare. Una mucca, nella fuga, abbatté un'arnia e io, sapendo di averla fatta grossa, saltai lo steccato e mentre mio padre mi rincorreva fuggii nel bosco. Rimasi lì finché non imbrunì. Sarebbe stato veramente terribile dormire sulla nuda terra e perciò camminando pensavo che l'unica soluzione era trovare in quel bosco di faggi la cavità di un albero in cui riposare. Li esaminai uno per uno finché trovai un grosso tronco cavo e pensai che in quel rifugio i lupi non mi avrebbero certamente trovato.

Ma un giorno, mentre dormivo, sentii un gran fracasso intorno all'albero. Tesi l'orecchio e capii che erano dei briganti che discutevano dove accendere il fuoco per cenare. Uno di loro, il capo anziano, diceva:

«Uno andrà per la legna, un altro per l'acquavite, un altro ancora per il vino, due per l'agnello e uno infine per lo spiedo.»

Il capo anziano accese il fuoco. E lo fece proprio sotto l'albero in cui io mi trovavo. Così il faggio in basso cominciò a bruciare ed il fumo iniziò a tormentarmi, ma io non osavo fiatare. Intanto giunsero i briganti: chi portava il vino, chi l'acquavite, chi i montoni che furono subito ammazzati e messi sul fuoco uno per uno. Mentre il fumo mi soffocava sempre più, bagnandomi completamente, il capo dei briganti disse:

«Sento uno strano odore, qualcuno è nascosto nell'albero.»

Gli altri lo rassicurarono dicendo:

«Ma non c'è niente, tutto è frutto della tua immaginazione.»

Intanto io ansimavo e starnutivo: «Ci, ci!»

Allora il vecchio disse:

«È meglio che scendi tu dall'albero perché, se salgo io sopra ti butterò di testa in giù.»

E intanto il fumo mi soffocava sempre più ed io mi sentivo all'estremo delle forze. Il capo di nuovo gridò:

«Scendi immediatamente, se salgo io lassù ti butterò di testa in giù.»

In fretta discesi, dovevo assolutamente obbedire.

Appena arrivato, il capo mi disse:

«Piccolo, gira questo montone sul fuoco.»

Io eseguii l'ordine ed il vecchio brigante, prendendomi per i capelli, gridò:

«Perbacco, bambino, giralo bene sulla fiamma.»

Feci come mi aveva ordinato. Ad un tratto, il brigante tirò fuori il coltello ed io pensai subito che volesse ammazzarmi. Egli invece tagliò solo un pezzo di montone per vedere se fosse ben cotto.

Quando la carne fu pronta, spillarono il vino dalla

botte e su di essa tagliarono i montoni.

Prima bevvero l'acquavite, ma a me non la dettero. Quando cominciarono a dividere la carne me ne diedero un po':

«Mangia, mangia un po', bambino.»

Mentre mangiavo pensavo che tutto quello mi accadeva perché non avevo voluto custodire il bestiame. Poi i briganti bevvero il vino e cominciarono a discutere cosa fare di me.

«Cosa faremo ora di questo bambino?» disse il capo.

Un brigante rispose:

«Lasciamolo andare.»

Un altro aggiunse:

«Non è possibile lasciarlo andare, egli parlerà ad altri di noi.»

Un brigante propose:

«L'abbandoneremo qui, così qualcuno lo troverà e se lo porterà con sé.»

Il quarto disse:

«Non è bene così, forse è meglio ammazzarlo.»

E il quinto decise:

«Non l'ammazzeremo. Sapete, gente, cosa faremo? Berremo tutto il vino, taglieremo il fondo della botte, metteremo dentro il ragazzo, richiuderemo la botte, ma non la tapperemo in modo che il bambino possa respirare.»

Così fecero, e mi ritrovai nella botte.

Tempo dopo, ecco i lupi circondare affamati la botte. Una lupetta infilò la coda nell'apertura ed io subito l'afferrai con le mani e con i denti. La lupetta si impaurì e corse fra gli alberi trascinandosi dietro la botte. Anche tutti gli altri lupi si spaventarono, la botte si spaccò ed io fui salvo, me ne tornai a casa, guadagnai un po' di soldi e comprai una mucca con il campanaccio.

Così termina questa storia.

FABBRI

Peter Klepec

Peter Klepec viveva a Cabar. I suoi compagni più discoli spesso lo prendevano in giro vedendolo così magro e debole di costituzione. Per questo la vita non era bella per lui e desiderava molto diventare più forte e tanto coraggioso da poter gareggiare con qualsiasi persona.

Un giorno, mentre custodiva le pecore nella verde pianura, alzò gli occhi al cielo e pregò Iddio di dargli tanta forza da poter difendersi dai cattivi compagni. Non aveva ancora finito la sua supplica che sentì una voce:

«Peter, eccoti la forza, afferra un cespuglio ed estirpalo!»

Peter prese un cespuglio e lo estirpò con tutte le radici. Poi di nuovo si udì la voce:

«Peter, prendi una betulla ed estirpala!»

Peter, pieno di gioia, prese una betulla ed essa si staccò dalla terra come grano secco. E per la terza volta si sentì la voce:

«Peter, sradica ora un abete!»

Egli ubbidì e subito un grosso e vecchio abete giacque davanti a lui come una pianta di paglia.

Peter ringraziò il Signore per la forza che gli aveva donato. I compagni che prima lo disprezzavano, ora lo temevano e non lo prendevano più in giro. Egli avrebbe potuto vendicarsi, ma siccome era buono, perdonò le offese ricevute e non fece del male a nessuno.

Peter diventò grande e con lui crebbe anche la forza.

Giunsero tempi duri per tutti. Il sultano turco con le sue truppe perseguitava i cristiani. L'imperatore gli andò incontro per chiedergli di terminare quella sanguinosa battaglia. Ma inutilmente. L'orgoglioso sultano non cedette alle suppliche, ma si mostrò un po' più indulgente dicendo: se l'imperatore è contrario ad una grande guerra che almeno combattono due uomini: un turco e un soldato imperiale. Chiedeva ciò perché sapeva che nel suo esercito c'era un terribile gigante.

L'imperatore spedì per tutti i suoi domini dei messaggi per cercare l'uomo che avrebbe dovuto battersi con il soldato turco. Giunse così la sera precedente al giorno stabilito per lo scontro. L'imperatore si trovava in gravi difficoltà. Pensieroso sedeva nella sua stanza e non sapeva più cosa fare. All'improvviso entrò un giovane vestito modestamente che con timore si avvicinò al sovrano e disse:

«Concedetemi altezza imperiale, di parlare con voi. Io sono Peter Klepec di Cabar e sono venuto fin qua per cimentarmi con il gigante turco; se Iddio mi concederà un'eroica fortuna, io libererò voi e la vostra bella terra.»

A queste parole l'imperatore scosse il capo e sorrise tristemente pensando che mai quel ragazzo così debole, come sembrava Peter, avrebbe potuto vincere il gigante turco. Poi, quando l'imperatore gli chiese come avrebbe fatto, il valoroso giovane gli disse che era molto forte e gli raccontò come avesse ricevuto dal cielo una misteriosa forza. L'imperatore si rallegrò molto e lo invitò a cena.

Mentre si mangiava i servitori insultavano il povero giovane perché non riuscivano proprio a credere che fosse un eroe e ancor meno che potesse scontrarsi con il gigante turco. Per metterlo alla prova portarono un ferro di cavallo e gli dissero di spezzarlo giacché si sentiva così forte da pretendere di combattere contro il turco. E Peter li invitò a portargli non uno, ma sette ferri di cavallo; come li prese in mano li ridusse in frantumi come tante briciole di pane.

Quando nell'accampamento turco si seppe che l'imperatore aveva trovato il suo combattente, subito il gigante volle conoscerlo. S'incontrarono nel campo vicino all'accampamento turco. Quando il gigante vide il piccolo Klepec si prese beffa di lui e lo trattò con disprezzo.

«Buon giorno,» gli disse Peter e gli tese la mano destra.

Il turco gliela strinse leggermente, ma, quando Klepec prese la mano destra del suo avversario, gliela staccò nettamente. Allora il turco cominciò ad urlare e alzò sul rivale l'altra mano, ma l'abile Klepec lo precedette e per primo colpì il gigante che cadde a terra per non alzarsi più.

Il sultano, vedendo che era stato sconfitto, ordinò ai soldati di uccidere Klepec, ma il valoroso giovane sradicò il più vicino albero e cominciò a inseguire e a colpire i Turchi spazzandoli via dalla pianura come immondizia.

Così il forte Klepec, all'alba, bastonò ben bene tutti i Turchi che, da quel momento, non si fecero più vedere.

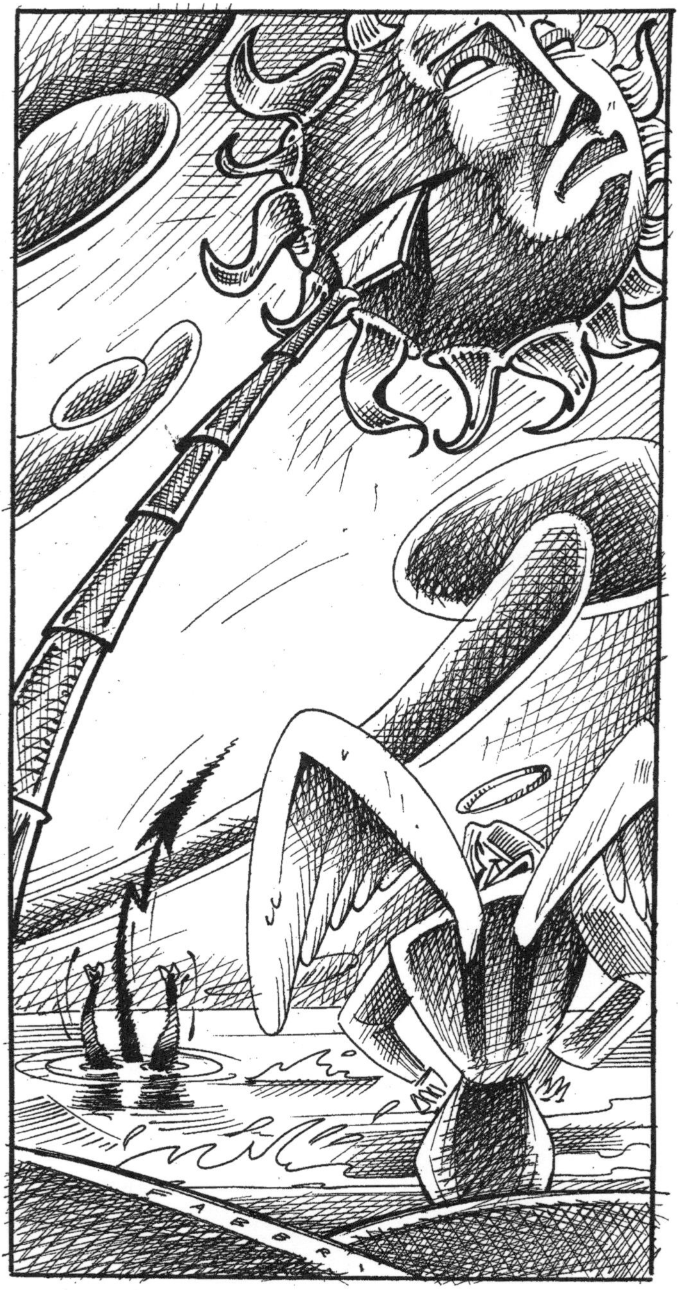
FABBRI

Perché gli uomini non hanno i piedi piatti

Quando i diavoli furono cacciati da Dio sulla terra si portarono via il sole. L'imperatore dei diavoli lo infilzò nella spada e se lo caricò sulle spalle. Quando la terra cominciò a lagnarsi con il Creatore perché era quasi tutta arsa dal sole Iddio inviò il Santo Arcangelo perché rubasse il sole ai diavoli. Sceso sulla terra l'Arcangelo fece amicizia con il capo dei diavoli, ma egli capì bene cosa l'amico volesse e cercò di tenerlo sempre a mente.

Camminando così per la terra un giorno giunsero vicino al mare e si fecero il bagno, allora il diavolo depositò a terra la lancia a cui era infilzato il sole. Dopo il bagno il Santo Arcangelo propose di tuffarsi per vedere chi dei due arrivasse più in fondo. L'Arcangelo si tuffò per primo e quando ritornò a galla aveva fra i denti un po' di sabbia marina. Toccava ora al diavolo, ma egli temeva che l'Arcangelo gli portasse via il sole. Finalmente gli venne un'idea: sputò per terra e la sua saliva diventò una gazza che avrebbe dovuto custodire il sole finché il diavolo fosse ritornato a galla con la sabbia marina fra i denti.

Quando Satana si tuffò, l'Arcangelo, con un segno di croce, trasformò la superficie del mare in ghiaccio dello spessore di nove braccia, poi prese il sole e se ne fuggì verso il cielo, mentre la gazza strillava. Sentendo il verso dell'uccello, il diavolo capì tutto e velocemente tornò in superficie, ma trovò lo spesso strato di ghiaccio e così rimase prigioniero. Ritornò allora in fondo al mare, prese una pietra e, con essa, ruppe il ghiaccio e poi corse dietro all'Arcangelo! Proprio quando l'Arcangelo era ad un solo passo dal Signore, giunse il diavolo che, con le sue unghie, gli strappò via dalla pianta di ambedue i piedi, un bel pezzo di carne. Quando finalmente l'Arcangelo giunse, ferito e piangente con il sole al cospetto di Dio, disse:

«Ed ora cosa farò così orribilmente deturpato?»

Ed il signore lo rassicurò dicendo:

«Non ti preoccupare; io comanderò che tutti gli uomini abbiano sulla pianta del piede come una collinetta.»

Così fu e da quel giorno tutti gli uomini non ebbero più i piedi piatti. Ed è così tuttora.

La madre bella

C'era molta folla al mercato e un bambino si smarrì perdendo di vista la mamma. Disperato piangeva e tra le lacrime diceva:

«Dov'è la mia bella mamma?»

Le persone, vedendolo piangere, lo condussero dalle più belle donne e per consolarlo gli chiedevano:

«È questa tua madre?»

«Questa donna non è affatto bella!» rispose il bambino.

Così dovunque tutti gli chiedevano:

«È forse questa?»

«No, non è nessuna di loro!»

Ad un tratto passò una donna brutta, tanto brutta che quasi non si poteva guardare. Ma quando il bambino la vide, le saltò al collo esclamando:

«Io sono fortunato, questa è la mia bella mamma.»

Il saggio e il bue

Un bue assetato trovò sotto una tettoia una pentola con un po' d'acqua sul fondo e infilò la testa dentro per abbeverarsi. Ma, dopo aver bevuto, non riuscì più a tirar fuori la testa e così cominciò a torturarsi. Giunse il padrone e cercò di aiutarlo. Corsero i contadini, ma nessuno riuscì a liberarlo. Ad un certo punto il più saggio di tutti disse:

«Tagliategli la testa!»

Subito fu tagliata la testa al bue, ma rimaneva il problema di come estrarla dalla pentola.

«Non è difficile ciò – disse lo stesso uomo – rompete la pentola.»

«Un vero saggio!» dissero i contadini e ruppero la pentola.

Ci troviamo davanti a storie quotidiane al motto di spirito, di arguzia contadina o di apologo esopico.
Narrazione comica, legata alle trovate [illegible]

Il vedovo arguto

C'era una volta un vedovo che aveva tre figli sposati. Essi non desideravano che il padre si sposasse in età così avanzata, perciò ordinarono alle loro mogli di trattar bene e accudire il padre. Ognuna delle donne diceva al marito di far tutto questo, ma in realtà non era così. Il povero vecchio allora escogitò un sistema per dimostrare ai figli che le nuore non lo accudivano affatto e che perciò era necessario che si sposasse. Un giorno chiamò nella sua stanza i tre figli e disse loro:

«Avevo nella mia stanza trecento ducati che ora sono scomparsi. Una delle vostre mogli li ha rubati, perché voi ben sapete che nella mia stanza entrano solo loro.»

Allora i figli chiamarono le tre donne e il maggiore chiese a sua moglie se avesse preso i soldi del padre. Ella rispose:

«Sono entrata nella sua stanza solo otto giorni fa. Non l'avessi mai fatto!»

La moglie del mediano disse invece che non entrava nella stanza da due settimane. La più giovane rivelò che non vi era entrata da un mese.

Allora il padre disse:

«Ecco i soldi, non sono scomparsi, ho detto questo solo per dimostrarvi che le vostre mogli non mi accudiscono. Ecco, questi soldi sono vostri, li ho risparmiati per voi, ma dovete riconoscere da soli la necessità che io mi sposi.»

Allora i figli si vergognarono e subito concessero al padre di prendere moglie.

Una famiglia di zingari

D'inverno una famiglia di zingari si riscaldava vicino al fuoco. La padrona di casa diceva:

«Se avessimo tanto burro quanto la farina che ci manca e se trovassimo al villaggio una padella, potremmo preparare una signora pizza.»

Allora uno zingarello disse:

«Io la porterei al forno.»

E un altro, facendo con la mano il gesto come per afferrare qualcosa davanti a sé:

«E io, mamma, me la mangerei.»

Quando il padre sentì ciò diede al bambino un ceffone dicendo:

«Non andare così in fretta, maledetto! Perché dovresti mangiarla tutta tu?»

IDEM «IL SAGGIO E IL BUE»

Titoli in uscita

P. Volponi - **Cantonate di Urbino**

D. Giancane - **Fiabe bosniache**

P. Sudan - **Racconti thailandesi**

Prossime uscite

Ivan Bunin - **Tre rubli**

Àlvaro Cunqueiro - **L'arte di camminare**

Ramón Gómez de la Serna - **La vergine dipinta di rosso**

Finito di stampare
nel mese di novembre 1995
presso le Officine Grafiche
della CONTE s.r.l.